UTTA DANELLA

Die Tränen vom vergangenen Jahr

Utta Danella ist Berlinerin, lebt aber seit vielen Jahren in München. Schon als Heranwachsende wollte sie Musik studieren, Schauspielerin werden oder Bücher schreiben. Sie probierte alles der Reihe nach und blieb schließlich beim Bücherschreiben – was sie nie bereut hat, wie sie sagt. Allein die deutschen Ausgaben ihrer Romane sind in mehr als 50 Millionen Exemplaren verbreitet, womit sie als die erfolgreichste deutschsprachige Autorin der Gegenwart gelten darf.

Außer dem vorliegenden Band sind von Utta Danella
als Goldmann-Taschenbücher erschienen:

Alle Sterne vom Himmel. Roman (9797)
Alles Töchter aus guter Familie. Roman (41065)
Die Frauen der Talliens. Roman (9617)
Gestern oder die Stunde nach Mitternacht. Roman (9789)
Jovana. Roman (9589)
Der Maulbeerbaum. Roman (41336)
Meine Freundin Elaine. Roman (41347)
Der Mond im See. Roman (42465)
Quartett im September. Roman (9892)
Die Reise nach Venedig. Roman (41223)
Der Schatten des Adlers. Roman (42386)
Der Sommer des glücklichen Narren. Roman (42180)
Stella Termogen oder die Versuchungen der Jahre.
Roman (41354)
Tanz auf dem Regenbogen. Roman (9437)
Unter dem Zauberdach. Roman (42464)
Vergiß, wenn du leben willst. Roman (9424)
Wo hohe Türme sind. Roman (42963)
Zwei Tage im April. Roman (43399)
Familiengeschichten. Roman (41484)

UTTA
DANELLA

Die Tränen vom vergangenen Jahr

Roman

GOLDMANN

Ungekürzte Ausgabe

Umwelthinweis:
Alle bedruckten Materialien dieses Taschenbuches
sind chlorfrei und umweltschonend.
Das Papier enthält Recycling-Anteile.

Der Goldmann Verlag
ist ein Unternehmen der Verlagsgruppe Bertelsmann

Genehmigte Taschenbuchausgabe 10/93

Umschlagentwurf: Design Team München
Umschlagfoto: The Image Bank/Peter Gruhmann
Druck: Elsnerdruck, Berlin
Verlagsnummer: 42207
MV · Herstellung: Stefan Hansen
Made in Germany
ISBN 3-442-42207-8

5 7 9 10 8 6

So wie die Schere und der Wasserkrug
des sorgsamen Gärtners
den Baum in die Höhe treiben,
so lassen die Schmerzen und
die Tränen vom vergangenen Jahr
des Menschen Seele reifen.

(chinesisch)

Der schönste Tag

Den schönsten Tag ihres Lebens würde Cornelia Jacobs nie vergessen. Das Datum ließ sich auch leicht merken: es war der 5. April, ihr Geburtstag.

»Ein Glück, daß du nicht am 1. April geboren bist, sonst wäre am Ende alles nur ein Aprilscherz«, hatte Jost sie geneckt, und daraufhin sagte sie das von dem schönsten Tag.

»Es ist der schönste Tag meines Lebens. Der allerallerschönste Tag, den es je geben kann.«

»Bestenfalls kannst du sagen, es ist der schönste Tag, den du bisher erlebt hast. Man kann nie wissen, was noch passiert. Möglicherweise erlebst du noch viel schönere Sachen.«

»Nie! Das kann es gar nicht geben.«

»Nehmen wir an, du verliebst dich eines Tages in einen netten jungen Mann . . .«

»Phhh!« machte Cornelia wegwerfend. »Was soll denn daran so besonders schön sein?«

Sabine und Jost Hartneck lächelten, und Fritz Mair, der Zeuge dieser glücklichen Szene, lächelte auch, und sie fanden es verständlich, daß man mit vierzehn lieber ein Pferd streichelte als einen jungen Mann.

Die Stute Jella wandte den edlen Kopf mit der langen schmalen Blesse und blickte gelangweilt an den fremden Menschen vorbei. Für ihren Geschmack standen sie viel zu eng um sie herum, und sie hatten viel zuviele Hände, die sie anfaßten. Aber Jella war ein sanftes, wohlerzogenes Pferd, dem noch niemals von Menschenhand etwas Böses widerfahren war, also ließ sie die Liebkosungen duldsam über sich ergehen.

Angefangen hatte dieser Geburtstag, er fiel in diesem Jahr auf einen Samstag, wie ein ganz gewöhnlicher Tag. Da Cornelia nicht in die Schule mußte, stand sie etwas später auf, aber nicht so spät wie sonst an freien Tagen, denn schließlich war es ihr Geburtstag, und sie war gespannt, was er ihr für Überraschungen bringen würde. Außerdem wollte sie gern um zehn zum Reiten gehen, eine neue Reitkarte würde sich hoffentlich unter den Geburtstagsgeschenken befinden.

Ihre Mutter war schon auf und fütterte das Baby. Sie wandte den Kopf, als Cornelia unter der Tür erschien.

»Komm her, meine Große«, sagte sie. Mit der linken Hand hielt sie das Baby fest, mit der rechten Hand zog sie Cornelias Kopf zu sich heran und küßte sie auf den Mund. »Viel Glück, mein großes Mädchen. Vierzehn ist schon allerhand. Jetzt bist du bald eine junge Dame.« Sie lachte fröhlich. »Stellst du Kaffeewasser auf, ja? Und dann schmeiß Jost aus dem Bett, wir wollen alle zusammen frühstücken.«

Jost brummte nur, als er die Nachricht seiner Frau übermittelt bekam, doch dann saß er doch in seinem gestreiften Bademantel am Frühstückstisch und trank, wie immer, die erste Tasse Kaffee schwarz und bitter, ohne etwas dazu zu essen. Die zweite und dritte Tasse trank er mit Milch und Zucker und aß zunächst zwei Toast mit Butter und Marmelade, sodann ein Knäckebrot mit Leberwurst und zum Schluß das Ei. Das spielte sich jeden Morgen auf diese Weise ab, und Sabine, seine Frau, nannte es nach nunmehr fast zwei Jahren Ehe immer noch total meschugge.

»Jeder normale Mensch trinkt entweder den Kaffee schwarz oder mit Milch oder mit Zucker, oder mit Milch *und* Zucker. Ich habe noch nie gehört, daß man diese Bräuche innerhalb eines Frühstücks variiert.«

»Erstens, geliebtes Goldstück, wußtest du, als du die Güte hattest, mich zu heiraten, daß ich kein normaler Mensch bin. Ich habe dich gewarnt, nicht? Und zweitens bin ich eben ein Thema mit unzähligen Variationen.«

»Und drittens«, fuhr Sabine fort, »ißt man zuerst die Wurst und das Ei und dann die Marmelade.«

»Warum?«

»Das tut man eben so.«

»Wer ist man?«

»Man ist ein Mensch, der seine fünf Sinne beisammen hat. Man ißt immer das Süße an letzter Stelle. Du ißt doch mittags auch nicht die Nachspeise vorneweg und die Suppe zum Schluß.«

»Warum eigentlich nicht? Wenn ich mich recht erinnere, habe ich das schon getan.«

»Nicht bei mir.«

»Nein? Da kannst du sehen, wie du mich versklavst. Habe ich das nie getan, seit wir verheiratet sind? Muß ich eine Angst vor dir haben! Das wird mir jetzt mal so richtig klar.«

Solche Gespräche spielten sich manchmal während des Frühstücks ab, sie lachten dann beide, sahen sich verliebt in die Augen, dann beugte sich Jost zu Sabine und küßte sie.

Cornelia machte es noch immer ein wenig verlegen, das mitanzusehen, sie kam sich dabei etwas überflüssig und ausgeschlossen vor. Es war erstaunlich, wie ihre Mutter sich in den beiden letzten Jahren verändert hatte. Früher war sie nie so fröhlich gewesen, hatte nicht herumgealbert, hatte nicht so gelächelt, mit diesem zärtlichen Leuchten in den Augen. Früher hatte ihre Zärtlichkeit allein ihrer Tochter gegolten. Jetzt war sie in erster Linie für Jost, ihren Mann, bestimmt.

Ob sie auch so war mit meinem Vater? dachte Cornelia manchmal.

Sie konnte sich nicht erinnern, sie war wohl noch zu klein gewesen, um das Verhalten, das Zusammenleben ihrer Eltern zu beobachten und zu verstehen. Die erste Ehe ihrer Mutter ließ sich aber wohl mit der jetzigen kaum vergleichen. Soweit sich Cornelia an ihren Vater erinnern konnte, erschien er ihr als ein ernster, stiller Mann, der immer sehr viel gearbeitet hatte. Aber sie erinnerte sich auch daran, daß sie auf seinem Schoß gesessen hatte, festgehalten von liebevollen Händen, daß sie seiner Stimme gern zugehört, gern ihre Wange an seine geschmiegt hatte; Geschichten hatte er ihr immer erzählt, abends, ehe sie zu Bett ging, oder auch am Sonntagnachmittag, wenn er zu Hause war und Zeit für sie hatte. An manche der Geschichten konnte sie sich sogar noch genau erinnern.

Jost Hartneck, ihr Stiefvater, war ein ganz anderer Mensch, beweglich, lebhaft, sehr unterhaltsam, voll verrückter Einfälle und meistens guter Laune. Cornelia konnte sich gewiß nicht über ihn beklagen, er war von Anfang an sehr nett zu ihr gewesen.

An diesem 5. April, an dem Cornelia vierzehn Jahre alt geworden war, hatte also Jost auf die wohlbekannte Weise gefrühstückt, plauderte dazu auf seine heitere Art, er schien wieder einmal bester Laune zu sein, und auch Sabine, seine Frau, schien vergnügt zu sein, sie lachte immer wieder, einmal sprang sie auf und öffnete weit das Fenster. »Seht nur, was für ein herrlicher Tag! Ein richtiger Frühlingstag. Kannst du dir mehr für deinen Geburtstag wünschen, Cornelia?«

Zugegeben, das Wetter war prachtvoll, Cornelia hatte nichts daran auszusetzen. Aber es wäre übertrieben zu behaupten, daß damit alle ihre Wünsche erfüllt gewesen wären. Jedoch auf dem Frühstückstisch, neben ihrem Gedeck, hatten sich nicht wie sonst einige kleine Päckchen befunden, und auch auf der hellgrauen Couch, wo die Geschenke deponiert wurden, die auf dem Frühstückstisch keinen Platz hatten, war nichts zu entdecken. Eine Cordhose hatte sie sich gewünscht, und einen neuen Badeanzug brauchte sie auch, in ihren alten paßte sie absolut nicht mehr hinein, ein Buch gehörte ihrer Meinung nach auch zu einem ordentlichen Geburtstag und mindestens eine neue Platte. Und natürlich eine neue Reitkarte, das war das wichtigste, ihre alte war abgelaufen, darauf hatte sie schon mehrmals dezent hingewiesen.

Aber Sabine und Jost sprachen überhaupt nicht von Geschenken. Blieb eigentlich nur die Möglichkeit, daß man nachher zusammen in die Stadt fuhr, um einzukaufen. Nach dem Reiten, denn um zehn wollte Cornelia unbedingt im Stall sein, sie hatte schon Reithosen und Stiefel angezogen, damit an ihren Plänen kein Zweifel herrschen konnte.

»Ja, ja, ein tolles Wetterchen«, meinte Jost und zündete sich eine Zigarette an. »Man bekommt direkt Lust, einen Ausflug zu machen. Was meint ihr?«

»Frau Heymann ist heute nachmittag nicht da, und ich wollte euch etwas besonders Gutes zum Essen kochen«, sagte Sabine.

»Was denn?«

»Wird nicht verraten.«

»Ich möchte gern reiten gehen«, sagte Cornelia und schaute auf die Uhr. Es war halb zehn. »Wenn ich mich beeile, komme ich noch zur Zehn-Uhr-Stunde zurecht.«

»Reiten gehen, so«, meinte Jost gleichgültig.

»Es ist nur . . .«

»Hm?«

»Na ja, meine Karte ist leer.«

»Was für ne Karte?«

»Die Zehnerkarte für die Reitstunde, Liebling«, sagte Sabine. »Hat sie uns doch schon ein paarmal erzählt.«

»Wozu braucht sie die denn?«

Cornelia stieß einen hörbaren Seufzer aus. So behämmert war er schließlich nicht, daß er nicht mittlerweile die Funktion einer Reitkarte begriffen hätte. Sie ritt immerhin, seit er sie kannte.

»Kostet eigentlich immer eine Menge Geld, so eine Reitkarte«, meinte Jost versonnen. »Wenn man sich das so zusammenrechnet, käme da ein eigenes Pferd nicht billiger, wie?«

Cornelia mußte lachen. »Du hast eine Ahnung. Ein Pferd muß man nicht nur kaufen, es braucht eine Box, Pflege und zu fressen. Das kostet viel mehr.«

»Aha, so ist das.«

»Später«, erklärte Cornelia, »wenn ich mal Geld verdiene, werde ich bestimmt ein eigenes Pferd haben. Da macht das Reiten erst richtig Freude.«

»Da mußt du aber allerhand Geld verdienen.«

»Ich werde auf alles andere verzichten. Lieber will ich nichts mehr essen, nur damit ich mir ein Pferd leisten kann.«

»Wird für das Pferd sehr angenehm sein. Ich meine, wenn du nicht ißt«, sagte Jost. »Da hat es nicht viel zu tragen.«

Cornelia blickte wieder auf die Uhr.

»Jetzt muß ich aber los. Sonst schaffe ich es nicht mehr.«

»Immer mit der Ruhe. Ich fahr dich in den Stall. Ich schaue gern wieder mal beim Reiten zu.«

»Du bist ja noch nicht angezogen.«

»So eilt es ja nicht.«

»Doch. Um zehn beginnt die Stunde.«

»Reitest du eben um elf.«

Cornelia mußte sich große Mühe geben, um nicht allzu deutlich zu zeigen, daß Jost ihr an diesem Vormittag wirklich reichlich bekloppt vorkam.

»Um elf«, erklärte sie, »findet keine Reitstunde mehr statt. Dann ist privat.«

»Privat? Was heißt denn das?«

»Jost«, warnte Sabine, »gleich wirft sie dir die Kaffeekanne an den Kopf. Wir haben lange genug eine Reiterin in der Familie, um mit den Gepflogenheiten der Reitschule vertraut zu sein. Ab elf reiten nur die Leute, die ein eigenes Pferd besitzen. Da findet keine Unterrichtsstunde für Reiter auf Verleihpferden mehr statt.«

»Das weiß ich doch, das weiß ich ganz genau«, sagte Jost. »Ihr redet mit mir, als sei ich total vertrottelt. Soviel ich weiß, ist Cornelia aber schon manchmal um elf geritten. Es kann nicht länger als vierzehn Tage her sein, als wir mit im Stall waren und zugesehen haben. Und das war um elf. Etwa nicht?«

Nach einem letzten Blick auf die Uhr gab es Cornelia auf, heute reiten zu können. Jetzt war es sowieso zu spät. Blöder Geburtstag. Kein Geschenk und nicht einmal Reiten.

»Da habe ich den Commander von Herrn Lachner geritten«, erklärte sie geduldig. »Herr Lachner war verreist über Ostern.

Und wenn er weg ist, gibt er mir manchmal sein Pferd zum Reiten.«

»Nett von dem Mann. Sowas nenne ich wahre Nächstenliebe.«

»Aus reiner Nächstenliebe gibt er ihr das Pferd bestimmt nicht«, sagte Sabine. »Er findet eben, daß sie ganz gut reitet und sein Pferd richtig behandelt. Ordentlich mit ihm arbeitet, nicht herumhetzt, es trocken in den Stall bringt, was eben alles zu einem anständigen Reiter gehört. Eigentlich könntest du das genausogut wissen wie ich, mein Lieber.«

Damit hatte Sabine recht. Denn wenn etwas Cornelia, die im Grunde ein sehr ruhiges Mädchen war, gesprächig machen konnte, dann waren es ihre Erlebnisse im Reitstall und ihre Erfahrungen mit Pferden. Das Reiten war nun mal ihr größtes Glück, und bekanntlich redet jeder Mensch am liebsten über das, was ihn ausfüllt und glücklich macht.

»Wer sagt denn, daß ich das nicht weiß.« Jost zündete sich eine zweite Zigarette an und griff nach der Kaffeekanne, hob den Deckel ab und blickte hinein. Viel war nicht mehr drin, und kalt war der Rest inzwischen auch geworden.

Er goß ihn sich trotzdem ein und meinte: »Kalter Kaffee macht schön, was allerdings in meinem Fall gar nicht angebracht ist, denn wo soll das hinführen, wenn ich noch schöner werde.«

»Wir werden versuchen, es mit Fassung zu ertragen«, sagte Sabine, stand auf und beugte sich über den Wagen, in dem das Baby lag, das ein Bub war und Sebastian hieß, um endlich klare Verhältnisse in dem Bericht über diese Familie zu schaffen.

Sebastian hatte zu Beginn der Frühstücksstunde noch fröhlich gekräht und mit den Beinchen gestrampelt, doch nun war er eingeschlafen.

»Ich werde ihn hinüberbringen zu Frau Heymann, solange wir weg sind.«

Die Sache war nämlich so, daß Frau Heymann, die in der Wohnung nebenan wohnte, auch ein Baby hatte, gerade zwei

Monate jünger als Sebastian, und so war es zu der glücklichen Regelung gekommen, daß die Damen sich gegenseitig aushalfen. Hatte eine von ihnen etwas zu besorgen oder wollte ausgehen, übersiedelte der Junior zur Nachbarin und blieb nicht ohne Aufsicht.

»Gehen wir denn fort?« fragte Cornelia lustlos.

»Ich denke, du willst reiten gehen.«

»Jetzt ist es doch zu spät. Und den Commander kann ich nicht mehr reiten, Herr Lachner ist ja wieder da. Sicher ist er ausgeritten bei dem schönen Wetter.«

Cornelia schaute zum Fenster hin und seufzte sehnsüchtig. »Fahren wir trotzdem mal in den Stall«, meinte Jost friedlich und schluckte den kalten Kaffee hinunter. »Mir ist heute so nach Pferden.«

So war das also beim Frühstück gewesen, und Cornelia hatte keine Ahnung, was ihr bevorstand. Sie fühlte sich genaugenommen ein wenig angeödet an diesem ihrem Geburtstagsmorgen, denn bis Sabine und Jost angezogen, Sebastian verfrachtet, das Auto aus der Garage geholt war, dauerte es noch eine ganze Weile, von Reiten konnte nun keine Rede mehr sein, höchstens am Nachmittag wäre es möglich gewesen, aber da hatte Cornelia ihre Freundinnen Petra und Steffi zum Kaffee eingeladen, da ging es also auch nicht.

Schließlich parkte Jost den Wagen im Hof der Reitschule, und sie gingen alle drei in das Lokal hinauf, das ein wenig erhöht über der Reitbahn lag, man konnte von da aus durch große Scheiben die Pferde und Reiter bei der Arbeit beobachten.

Herr Mair, der Pächter der Reitschule, saß wie jeden Tag mit einigen Bekannten an einem Tisch, doch als er die drei kommen sah, stand er auf und kam ihnen entgegen, streckte Cornelia die Hand hin und sagte: »Na dann, herzlichen Glückwunsch, Cornelia. Schöner Geburtstag heute?«

Cornelia wunderte sich sehr, daß er über ihren Geburtstag Bescheid wußte. Sie hatte niemandem davon erzählt, und mit Herrn Mair hatte sie eigentlich kaum etwas zu tun, sie sah ihn manchmal im Büro, wenn er selbst die Reitkarte nach der Stunde abstrich, meist sah sie ihn hinter der Scheibe sitzen, wenn sie in der Bahn ritt.

»Setzen Sie sich doch zu uns«, sagte er dann noch, nachdem er Sabine und Jost ebenfalls begrüßt hatte, und auch die Leute an seinem Tisch, die Cornelia gar nicht kannten, gratulierten ihr und machten dazu so fröhliche Gesichter, als sei ihr Geburtstag ein ganz besonderes Ereignis. Irgendwie komisch benahmen sich heute alle Leute, fand Cornelia. In der Bahn war nicht viel Betrieb, nur drei Reiter, die meisten waren offenbar ausgeritten. Herr Reinhardt, der Reitlehrer, war auch bei der Arbeit, er ritt eine bildschöne Fuchsstute, die elegant unter seiner kundigen Hand ging.

»Was für ein schönes Pferd!« sagte Jost.

»Ein erstklassiges Modell«, stimmte Herr Mair zu. »Ich war gleich ganz begeistert, als ich sie gesehen habe. Sie ist noch jung und hat noch einiges zu lernen, aber sie ist sehr gut geritten worden, da, wo sie herkommt. Und Herr Reinhardt arbeitet sie ja nun auch schon seit einigen Wochen.«

Das wußte Cornelia, sie hatte Herrn Reinhardt schon mehrmals auf diesem Pferd gesehen.

»Eine prachtvolle Trakehnerstute«, sagte Jost sachverständig, »offensichtlich aus guter Familie.«

Cornelia warf ihrem Stiefvater einen erstaunten Blick zu. Seit wann verstand der denn was von Pferden? Sie war sicher gewesen, daß er einen Araber nicht von einem Oldenburger unterscheiden konnte.

»Das kann man wohl sagen, daß die aus guter Familie kommt. Ihre Vorfahren stammen wirklich aus Trakehnen. Auf dem Gestüt in Ostholstein, wo sie aufgewachsen ist, züchten sie nur Trakehner. Mit zwei Stuten und einem Hengst haben sie angefangen, bald nach dem Krieg, echte Trakehner-Flüchtlinge, die gerettet werden konnten. Und heute stehen dort etwa hundertzwanzig Pferde. Jedes Jahr gibt es rund zwei Dutzend Fohlen. Ein erstklassig geführtes Gestüt. Die Tiere wachsen weitgehend im Freien auf, sie haben ein riesiges Gelände dort, große Koppeln, und ein wenig finden die Pferde dort die Bedingungen ihrer Vorfahren in Trakehnen. So bleibt die Rasse erhalten. Gott sei Dank, muß man sagen, denn es war eine vorzügliche Pferderasse.«

Jost nickte zu Herrn Mairs Erklärungen immerzu mit dem Kopf, so als sei er der größte Pferdeexperte, der sich je mit einem anderen unterhalten hätte. Cornelia hörte nur mit einem halben Ohr zu, sie sah Herrn Reinhardt und der Fuchsstute zu. Wirklich ein wunderschönes Pferd; sie ging mit gleichmäßigem Schwung, ihre Fesseln waren schmal, ihre Bewegungen geschmeidig. Die kleine Mißstimmung hatte Cornelia vergessen, so fasziniert beobachtete sie das Pferd. Sie bemerkte gar nicht, daß alle am Tisch sie ansahen.

»Möchtest du sie nicht einmal reiten, Cornelia?« fragte Herr Mair auf einmal.

»Ich?« Cornelia starrte ihn sprachlos an.

»Ja, du.«

»Ich? Dieses Pferd?«

»Traust du dich nicht?«

Jetzt merkte sie, daß alle Augen auf sie gerichtet waren. Sie wurde rot vor Verlegenheit.

»Aber . . .«

»Na los, wir wollen mal sehen, wie du mit ihr zurechtkommst. Schließlich hast du heute Geburtstag. Das ist mein Geburtstagsgeschenk für dich, daß du Jella eine halbe Stunde reiten darfst.«

Cornelia konnte sich immer noch nicht fassen.

»Aber das wird Herr Reinhardt nie erlauben.«

»Ich komme mit zu deiner Unterstützung«, sagte Herr Mair mit ernster Miene.

Wirklich ging er mit ihr in die Bahn, und wunderbarerweise stieg Herr Reinhardt bereitwillig vom Pferd und hielt Cornelia sogar den Bügel, als sie aufsaß. Sie war total verwirrt und fühlte sich unsicher auf dem fremden Pferd, außerdem hatte sie Angst, sich zu blamieren, weil sie wußte, daß alle ihr zusahen.

»Reite sie ganz leicht und ohne Druck«, riet ihr der Reitlehrer, »die Zügel nicht zu fest, die Schenkel nicht pressen, da ist sie empfindlich. Sie reagiert auf die kleinste Hilfe. Und sie ist sehr brav. Du gehst erst ein paar Runden Schritt, dann trabst du an.«

Er blieb mitten in der Bahn stehen, sah ihr aufmerksam zu und gab ab und zu ein Kommando oder einen Rat. Es war eigentlich wie in einer normalen Reitstunde, nur daß Cornelia noch nie auf einem so wunderbaren Pferd gesessen hatte, das so leicht und beschwingt ging, den kleinen Kopf geneigt, den Hals stolz gewölbt. Da konnte auch der Commander nicht mit, der war viel derber und lange nicht so empfindsam. Sie merkte gleich, daß sie mit der Stute behutsam umgehen mußte; wenn sie die Handstellung veränderte, wenn ihr Sitz nicht ganz korrekt war, reagierte die Stute mit lebhaftem Ohrenspiel, einige Male geriet sie Cornelia auch aus der Hand.

Herr Reinhardt bemerkte es auch.

»Ja, ja, Cornelia«, sagte er mit einem Lächeln, als sie einmal unsicher zu ihm hinblickte, »das ist eine andere Art zu reiten. Bei der kannst du lernen, was du noch nicht kannst. Die erzieht dich dazu, daß du alles richtig machst.«

Herr Mair war ins Lokal zurückgekehrt und hatte sich wieder zu den anderen an den Tisch gesetzt. Sie blickten sich gegenseitig an und lachten.

»Sie wird glatt verrückt«, meinte Fritz Mair.

»Komplett verrückt«, stimmte Sabine zu. »Wissen Sie, Herr Mair, ich bin ja nicht ganz dafür. Es ist die Idee meines Mannes. Ich finde, sie ist einfach noch zu jung, um ein eigenes Pferd zu haben. Sie hat soviel Arbeit mit der Schule. Und bis jetzt war sie eine sehr gute Schülerin. Das wird sich ändern, fürchte ich, wenn sie jetzt den ganzen Tag im Stall herumhängt.«

»Ich verstehe Ihre Bedenken, gnädige Frau. Eigentlich bin ich auch dagegen, daß ein so junges Mädchen schon ein eigenes Pferd bekommt. Es gehört immerhin eine Menge Verantwortung dazu. Und wie Sie ganz richtig erkannt haben, auch Zeit.

Aber Cornelia ist ja ein sehr vernünftiges Mädchen. Ich glaube nicht, daß die Schule darunter leiden wird. Sie ist keine von denen, die hier herumsitzen und Unfug treiben.«

»Sie wird erst recht fleißig sein«, prophezeite Jost. »Ich kenne Cornelia inzwischen ganz gut. Sie ist sehr verständig für ihr Alter. Und ich habe immer gestaunt, wie gut sie sich ihre Arbeit und ihre Zeit einteilen kann.« Er grinste. »Besser als ich. Mir wächst manchmal die Arbeit über den Kopf, weil ich zuvor getrödelt habe. Aber Cornelia erledigt ihre Schularbeiten im Handumdrehen und ohne großen Aufwand. Man braucht sich überhaupt nicht darum zu kümmern. Na ja, und dann ... es ist so, ich hatte einfach das Gefühl ...« er verstummte nachdenklich und blickte hinab in die Bahn, wo Cornelia in ruhigem Tempo ihre Trabrunden drehte. Sie und die Stute schienen sich mittlerweile gut zu verstehen.

Sabine blickte ihren Mann liebevoll an. Sie wußte, was für ein Gefühl er hatte. Und warum er Cornelia das Pferd schenken wollte.

Es war nicht leicht für Cornelia gewesen, als ihre Mutter wieder heiratete, als ein fremder Mann die Zweisamkeit von Mutter und Tochter zerstörte. Sie hatte es tapfer und mit Fassung ertragen, aber es hatte eine ganze Weile gedauert, bis sie Jost ein wenig Vertrauen entgegenbrachte. Seine lebhafte Art, sein kesses Mundwerk und auch seine manchmal sprunghaften Launen hatten sie eingeschüchtert. Und dann erwartete Sabine ein Kind, das Baby wurde geboren, und während dieser Zeit mußte sich Cornelia zurückgesetzt fühlen, denn verständlicherweise drehte sich alles um das Baby. Auch Jost beanspruchte viel Zeit in Sabines Leben. Er war ein geselliger Typ; er ging gern aus, und Sabine mußte ihn begleiten; er verreiste, Sabine sollte dabeisein; er hatte meist irgendwelche spontanen Einfälle, die Überraschung und Wirbel in die Familie brachten und die nicht immer erfreulicher Art waren.

»Ich bin eben ein verrücktes Huhn«, sagte er dann, wenn er wieder einmal irgend etwas vermasselt hatte, einen Auftrag oder eine wichtige Besprechung, nur weil er augenblicklich andere Ideen im Kopf hatte.

Die Idee mit dem Pferd für Cornelia war ihm auch ganz plötzlich gekommen. Wieder einmal so ein verrückter Jost-Einfall, wie Sabine es nannte.

Das war genau vor vierzehn Tagen gewesen, als sie hier am gleichen Platz saßen und zusahen, wie Cornelia den schwarzen Commander ritt. Sehr gut ritt, wie Jost fand, der allerdings vom Reiten nicht viel verstand.

Sie saßen damals an dem Nebentisch von Herrn Mair, man hatte sich begrüßt und sich von Tisch zu Tisch ein wenig unterhalten, unter anderem über Cornelias Reitkünste. Es war an jenem Tag sehr voll gewesen in der Bahn, denn es regnete draußen, und alle Samstag-Reiter bewegten ihre Pferde in der Reitbahn.

»Sie hat viel gelernt«, hatte Herr Mair gesagt. »Sie ist eine sehr begabte Reiterin. Herr Lachner würde ihr sein Pferd bestimmt nicht anvertrauen, wenn er das nicht wüßte.«

»Sie müßte eben ein eigenes Pferd haben«, hatte Jost gemeint.

Herr Mair lachte. »Sicher. Das wäre bestimmt der große Wunschtraum ihres Lebens.«

Und dann, ohne auch nur einen Augenblick zu überlegen, sagte Jost: »Sie hat in vierzehn Tagen Geburtstag. Wissen Sie was? Wir schenken ihr ein Pferd. Das wird ein *Hit.* Was meinst du, Liebling?«

Diese Frage galt Sabine, die nur den Kopf schüttelte.

»Du spinnst ja.«

Herr Mair sagte vorsichtig: »Na ja . . .«

Erstens wußte er nicht, ob der verrückte Architekt es ernst gemeint hatte, zweitens wollte er natürlich gern ein Pferd verkaufen, das gehörte zu seinem Geschäft. Man redete dann so ein bißchen hin und her, und Herr Mair meinte, er hätte seit zwei Monaten eine junge Stute im Stall stehen, ein ausgezeichnetes Pferd, die sei jetzt so weit, daß er sie guten Gewissens verkaufen könne. Nur der Reitlehrer habe sie bisher unter dem Sattel gehabt.

Am Dienstag darauf tauchte Jost im Stall auf, allein. Er kam von einer Baustelle, fuhr an der Reitschule vorbei, und da fiel ihm das Pferd für Cornelia wieder ein. Er wolle sich das Pferd gern mal ansehen, sagte er zu Herrn Mair, und dann wolle er gern wissen, was es denn kosten würde.

Und dann hatte er, mir nichts, dir nichts, ohne große Umschweife, das Pferd gekauft. Sie hatten ausgemacht, daß bis zum Geburtstag tiefstes Stillschweigen bewahrt werden sollte, nur Herr Reinhardt, der Reitlehrer, wurde eingeweiht.

Und natürlich Sabine. Als Jost ihr erzählte, was er getan hatte, blieb ihr wieder einmal die Spucke weg, wie sie das nannte.

»Du bist wirklich ein verrückter Hund«, sagte sie. »Das kostet doch ein Wahnsinnsgeld.«

»Ich bin so glücklich mit dir«, sagte Jost und legte den Arm um sie, »und ich hoffe, du bist es mit mir auch. Und den kleinen Wastl haben wir auch noch gekriegt. Ich möchte gern, daß Cornelia auch glücklich ist. Ich habe dich ihr weggenommen, ich weiß das sehr gut, und ich weiß, daß sie darunter gelitten hat. Und sich vielleicht immer noch ein wenig zurückgesetzt fühlt. Und was das Geld betrifft, lieber Himmel, ich verdiene es doch. Ich muß mich ja nicht draufsetzen und es bebrüten. Geld ist dazu da, daß man es ausgibt.«

Das war nun wieder typisch Jost Hartneck, der wirklich ein leichtsinniges Huhn war, wie er selbst zugab. Er lebte gern im großen Stil, und Geld verdiente er eine ganze Menge. Er war ein bekannter Architekt, der mehr Aufträge bekam, als er ausführen konnte. Für Sabine und Cornelia hatte sich das Leben seit der Heirat mit ihm sehr verändert. Vorher hatten sie sehr wenig Geld gehabt und mußten sparsam leben.

Auf jeden Fall war das Pferd gekauft worden, und jetzt saßen sie da und sahen zu, wie Cornelia die kupferfarbene Stute ritt, von der sie noch nicht wußte, daß sie ihr gehörte. Nach einer halben Stunde, wie vereinbart, hielt Cornelia in der Mitte der Bahn, klopfte der Stute den Hals, stieg ab, zog ordentlich die Bügel hoch, gab der Stute ein Stück Zucker und führte sie hinunter in den Stall zu ihrer Box, sattelte sie ab und kratzte ihr die Hufe aus.

Herr Reinhardt war mitgekommen, er sagte nichts, stand neben ihr und sah ihr zu.

»Ging es denn?« fragte Cornelia nach einer Weile schüchtern, weil er gar so schweigsam blieb.

»War gar nicht übel. Wenn du sie öfter reitest, wirst du gut mit ihr hinkommen.«

»Ja, wenn . . .« lachte Cornelia und liebkoste die Stute mit zärtlicher Hand.

Herr Reinhardt erstickte fast an dem großen Geheimnis, gar zu gern hätte er ihr die Wahrheit gesagt, aber das war schließlich nicht seine Sache, er durfte den Eltern nicht vorgreifen. Doch da kamen Sabine und Jost, zusammen mit Herrn Mair, schon zur Stalltür herein.

»Ging ja prima«, rief Jost. »Du und dieses Pferd, ihr seid eine Schau! Möchte ich jetzt öfter vorgeritten bekommen, wenn ich bitten dürfte.«

Jella, nun abgesattelt, stand noch in der Stallgasse, Cornelia lehnte sich leicht an sie und sagte: »Sie ist himmlisch. Ich habe noch nie auf so einem Pferd gesessen.«

»Sie paßt wirklich gut zu dir«, meinte Herr Mair. »Ich hoffe, du wirst weiterhin so gut mit ihr auskommen.«

»Ja, darf ich denn . . . ich meine, darf ich sie denn wieder einmal reiten?«

Daraufhin schwiegen alle und sahen sie an. Und alle hatten ein Lächeln um die Lippen, ein ganz seltsames, unverständliches Lächeln, Cornelia wurde es ganz komisch zumute, was hatten sie denn bloß alle mit dem Pferd? Was war eigentlich los?

Es war wirklich ein sehr spannender, sehr dramatischer Augenblick.

»Was heißt hier, du darfst?« sagte Jost dann. »Du mußt. Sehr viel verstehe ich ja nicht vom Reiten, aber soviel ich weiß, muß man sein Pferd täglich bewegen, sonst kriegt es lahme Beine. Stimmt das nicht? Auf diese Weise ist das Reiten dann nicht mehr ein Vergnügen, es ist eine Pflicht.«

»Mein . . . mein Pferd?« flüsterte Cornelia tonlos. Sie wurde ganz blaß um die Lippen.

Sabine strich Jella über den Hals, dann legte sie ihre Hand auf Cornelias Schulter.

»Jella gehört dir. Jost schenkt sie dir zum Geburtstag.«

»*Wir* schenken sie dir zum Geburtstag«, verbesserte Jost.

Cornelia wich alle Farbe aus dem Gesicht. Sie öffnete den Mund, brachte aber kein Wort hervor, ihre Augen wurden weit und groß, ihre Hand krampfte sich in die goldrote Mähne des Pferdes.

»Fall bloß nicht in Ohnmacht«, sagte Jost. »Dann müßten wir es uns noch überlegen, wenn du so leicht umzupusten bist.«

»Das kann nicht wahr sein«, flüsterte Cornelia, die Stimme gehorchte ihr kaum.

»Ich will nicht behaupten, daß ich niemals schwindle«, grinste Jost, »aber in diesem Fall hat Herr Mair immerhin einen Scheck von mir bekommen und auch entgegengenommen, woraufhin die aparte Schönheit in den Besitz der Familie Hartneck-Jacobs übergegangen ist. Womit wir nun – wart mal –« er nahm die Finger zu Hilfe – »immerhin fünf Köpfe zählen. Das ist schon eine beachtliche Familie, finde ich.«

»Nein, nein«, Cornelia war fassungslos, »das kann nicht wahr sein, das gibt es nicht.« Dann füllten sich ihre Augen mit Tränen, und sie legte ihr Gesicht an den Hals der Stute, die Jella hieß und ihr gehörte.

Nun waren sie aber alle mächtig ergriffen, auch Sabine hatte Tränen in den Augen, sie faßte die Hand ihres Mannes, Herr Mair lächelte gerührt, und Herr Reinhardt räusperte sich. Es war wirklich eine filmreife Szene. Jost machte ihr ein Ende. »Also das wird mir hier zu gefühlvoll«, sagte er. »Davon bekomme ich Bauchschmerzen. Ich muß unbedingt einen Schnaps trinken. Und was den Gaul angeht – Entschuldigung, ich meine, was Fräulein Jella betrifft, so sieht sie mir aus, als würde sie jetzt gern in ihre Wohnung gehen und zu Mittag speisen. Alle Pferde haben schon serviert bekommen, wie ich sehe und höre. Ich hol jetzt eben mal die gelben Rüben aus dem Auto, ja? Und dann werdet ihr bitte alle wieder normal. Außerdem, Sabine, hast du gesagt, du kochst uns etwas Gutes zum Mittagessen. Wird Zeit, daß du damit anfängst. Mir ist so, als wenn ich bald Hunger hätte.«

Aber es dauerte noch eine Weile, bis Cornelia sich soweit gefaßt hatte, daß man mit ihr wieder wie mit einem vernünftigen Menschen reden konnte, bis ihre Fassungslosigkeit sich in Freude verwandelte.

Und dann sprach sie ihn also aus, diesen bedeutenden Satz, mit dem diese Geschichte beginnt: »Es ist der schönste Tag meines Lebens.«

Noch Geburtstag

Das Essen zauberte Sabine wie immer mit schneller, geschickter Hand. Sie war nicht nur eine gute, sondern auch eine kluge Köchin, was heißen will, daß es ihr auf frische und schnelle Zubereitung der Speisen ankam, das Fleisch behielt bei ihr Saft und Kraft, das Gemüse festen Biß, Fett wurde sparsam verwendet, und Mehl gab es in ihrer Küche überhaupt nicht, es sei denn, sie machte sich eigenhändig daran, einen Kuchen zu backen.

Doch dafür war heute keine Zeit gewesen. Zum Essen gab es eine frische sahnige Kerbelsuppe, dann junge Lammkeule, rosa gebraten, mit Broccoli, und zum Nachtisch Nougateis mit Nüssen und einem Klecks Sahne garniert.

»Wenn ich mich je fragen sollte, warum ich dich geheiratet habe«, meinte Jost, nachdem er den letzten Bissen Fleisch verdrückt und sein Weinglas geleert hatte, »dann brauche ich mich bloß hier an den Tisch zu setzen, dann weiß ich es wieder.«

»Ich hoffe, es fällt dir nicht nur bei dieser Gelegenheit ein«, konterte Sabine, »sonst sehe ich mich gezwungen, dir demnächst das Eis als Vorspeise und die Suppe zum Nachtisch zu servieren. Und als Zwischengang gibt es Mehlbrei mit kalten Kartoffeln.«

»Phantasie hast du, das muß der Neid dir lassen. Mehlbrei mit kalten Kartoffeln, klingt apart.« Jost lehnte sich zurück, um vor dem Eis eine kleine Pause einzulegen.

»Ich war mal mit einer Dame namens Gisela verlobt – ich war ja häufig verlobt, wie ihr wißt –, die war zwar eine ganz einfallsreiche Innenarchitektin, aber vom Kochen hielt sie nicht viel. Meist gingen wir ja zum Essen, aber wenn sie sich mal selbst ans

Werk machte, dann gab es entweder Wiener Würstchen oder Bratheringe aus der Dose . . . Beides gelang ihr allerdings vortrefflich.«

»Es gibt ja durchaus eine größere Auswahl an Dosenkost. Du hättest sie beim Einkaufen begleiten sollen.«

»Habe ich. Manchmal kaufte ich dann Schnitzel.«

»Und? Garnierte sie die zwischen die Bratheringe?«

»Sei nicht so boshaft, meine Teure. Die Schnitzel habe ich gebraten.«

»Wenn du das kannst, werden wir uns gelegentlich von dir bewirten lassen. Nicht, Cornelia?«

Cornelia blickte abwesend auf. »Bitte?«

Sie hatte nicht zugehört, sie hatte auch dem Essen wenig Aufmerksamkeit gewidmet, genaugenommen gar keine. Wenn man sie gefragt hätte, was sie soeben gegessen hätte, wäre sie in Verlegenheit gekommen. Ihre Gedanken waren bei dem Pferd. Sie hatte das alles noch nicht begriffen, noch nicht verarbeitet, sie kam sich vor wie in einem wunderbaren, ganz und gar unwirklichen Traum.

»Du hast sehr wenig gegessen«, sagte Sabine. »Hat es dir nicht geschmeckt?«

»O doch. Es hat prima geschmeckt.« Cornelia blickte die beiden an, die sie lächelnd ansahen. »Ich bin noch ganz . . . also ich weiß nicht, richtig verdreht. Ganz durcheinander.«

»Wirst du mir trotzdem beim Abwaschen helfen?«

»Klar.« Cornelia stand sofort auf und griff nach den leeren Tellern.

»Iß erst dein Eis.«

»Ach so.« Cornelia setzte sich wieder und begann das Schüsselchen hastig auszulöffeln. »Kann ich denn dann . . .«

»Was?«

»Noch mal schnell in den Stall fahren?«

»Ich denke, du hast deine Freundinnen eingeladen?«

»Erst um vier.«

»Du mußt sowieso in die Konditorei fahren und Kuchen holen. Also wird es sich nicht verhindern lassen, daß du den Umweg über den Stall machst.«

»Sie muß mich doch kennenlernen«, sagte Cornelia glücklich. »Sie muß doch wissen, daß sie zu mir gehört.«

»Wie lange dauert so etwas bei einem Pferd?« wollte Jost wissen.

»Das kommt darauf an, wie oft man mit ihm zusammen ist.«

»Und ich nehme an, auch wieviel Rüben und Äpfel man ihm mitbringt, wie? Die Liebe geht durch den Magen, das ist bei Pferden vermutlich nicht anders als bei Männern. So gesehen ist der Umgang mit einem Pferd eine gute Schulung für den späteren Ehestand.«

Sabine schüttelte den Kopf. »Du bist mal wieder unvorstellbar albern, teurer Mann.«

»Ich bin logisch, teure Frau. Seltsamerweise kapiert das in diesem Hause keiner.«

Cornelia sah ihren Stiefvater an.

»Ich habe mich noch gar nicht bedankt. Aber es gibt gar keine Worte für das, was ich sagen möchte. Ich kann es gar nicht beschreiben, wie mir ist.«

»Das ist schade. Ich höre es immer gern beschrieben, wie einem so ist. Mir zum Beispiel ist jetzt satt und faul und müde, und mir ist außerdem so, als ob ich mich eine kleine Stunde hinlegen müßte. Bei der Kaffeeparty werde ich wohl nicht direkt benötigt?«

»Oh, Jost –« sagte Cornelia.

»Schon gut, meine Kleine. Wenn du happy bist, bin ich auch happy, und daß ich ein fabelhafter Mann bin, weiß ich sowieso, braucht gar nicht extra betont zu werden. Und wenn du Kuchen holst, sei doch so gut und bring mir eine Mandelschnitte mit. Nur eine – ich muß an die schlanke Linie denken. Na denn, ihr Hübschen.« Er erhob sich, warf den beiden Damen eine Kußhand zu, schnappte sich die dicke Samstagszeitung und entschwand in Richtung Arbeitszimmer, in dem eine breite Couch stand, wo er seine mittägliche Siesta abzuhalten pflegte, wenn er mal dazu kam.

Mutter und Tochter blieben eine Weile still.

Dann sagte Cornelia reuevoll: »Am Anfang konnte ich ihn nicht leiden.«

»Ich weiß, Schatz. Du warst eifersüchtig. Ich habe es verstanden. Und Jost hat es auch verstanden. Aber ich hoffe, du kannst ihn jetzt nicht nur leiden, weil er dir ein so großzügiges Geschenk gemacht hat.«

»Ach nein, ich bin ja schon lange gut mit ihm ausgekommen. Es ist ja immer sehr lustig mit ihm.«

»Das kann man wohl sagen. Mir ist es manchmal zu lustig.« Sabine verstummte. Ihre Tochter war zwar nun vierzehn und sehr verständig, aber trotzdem wohl nicht die richtige Person, um ihre Gefühle in allen Einzelheiten mit ihr zu besprechen. Allerdings hatte Sabine keinen Menschen, mit dem sie einmal ganz aufrichtig reden konnte. Sie hatte keine Eltern, sie hatte keine Geschwister, sie war eigentlich immer sehr allein gewesen. Als sie das erstemal heiratete, war sie noch sehr jung, sie liebte ihren Mann, sie war so glücklich, ein Heim zu haben, einen Platz auf der Welt, wohin sie gehörte, und einen Menschen, der zu ihr gehörte.

Doch dann war sie wieder allein gewesen, allein mit ihrer kleinen Tochter, und das Leben war für sie sehr schwierig, sie mußte arbeiten, mußte für sie beide sorgen, und da sie im Grunde kein moderner Frauentyp war, keine emanzipierte selbständige Frau, fiel ihr das schwer. Viele Jahre dachte sie, daß das Leben für sie wohl kein Glück bereithielt, keine Wärme, keine Geborgenheit.

Dann kam Jost. Strahlend, selbstsicher, immer voll Lebensfreude, temperamentvoll und charmant, ein Mann, wie sie noch nie einen gekannt hatte. Daß er sich ausgerechnet für sie interessierte, daß er eines Tages erklärte, sie zu lieben, war für Sabine unverständlich. Sie glaubte nicht daran. Sie mißtraute ihm, mißtraute auch ihrem eigenen Gefühl. Es gab so viele hübsche junge

Frauen, und Jost machte ja auch gar keinen Hehl daraus, daß es in seinem Leben schon viele Liebesgeschichten gegeben hatte. Was also sollte er ausgerechnet an Sabine finden, die eher still, etwas gehemmt und voll Lebensangst war.

Was kann er an mir finden? Das fragte sie sich immer wieder. Und das fragte sie ihn schließlich selbst, als er eines Tages erklärte, sie heiraten zu wollen.

»Ich bin gar nicht hübsch, und ich habe kein Geld, und eine Tochter habe ich auch.«

»Das wäre ja alles halb so schlimm«, hatte Jost ihr damals geantwortet und sie zärtlich in die Arme genommen. »Aber daß du auch noch dumm bist, das ist ein arger Fehler.«

»Ja«, gab sie zu, »das bin ich bestimmt auch.«

»Schau mal in den Spiegel, du Dumme. Da, schau!« Sie immer noch festhaltend, schob er sie vor den Spiegel. »Schau dich an, und dann sag noch mal, daß du nicht hübsch bist. Siehst du deine großen erstaunten Kinderaugen? Wie so ein erschrecktes Reh. Na, ist sicher Kitsch, so was zu sagen, aber Verliebte dürfen ruhig kitschig sein, das ist erlaubt. Und siehst du, diese zarte Wangenlinie, da von der Schläfe bis zum Kinn, so eine rührende Linie habe ich noch bei keiner Frau entdeckt. Ich bin Künstler, ein Augenmensch, du kannst dich darauf verlassen, daß ich etwas davon verstehe. Ach, und dein seidenweiches Haar, blond wie Dornröschen. Und diese ganze süße kleine Person, die du bist; so was muß man doch einfach einfangen, festhalten und beschützen.«

»Wieso war Dornröschen blond?«

»Nicht? Für mich ist sie blond. Und du bist für mich so ein kleines schlafendes Dornröschen, das man lebendig machen muß. Und das kann nur ich, sonst keiner.«

Seltsam, daß er das sagte. Immerhin war sie ja verheiratet gewesen und hatte auch viele Jahre tapfer ihr Leben gemeistert. Als schlafendes Dornröschen hatte sie sich nicht gesehen. Aber er sah es so, und ihm gefiel dieser Gedanke offenbar.

»Das ist nämlich das komische«, fuhr er fort, »ich habe bei

dir etwas ganz Neues an mir entdeckt. Etwas, was noch keine Frau bei mir erweckt hat: Beschützerinstinkte. Das ist ganz etwas Altmodisches, ich weiß. Moderne Frauen wollen nicht beschützt werden, die schaffen alles ganz allein. Aber sag, daß du beschützt werden willst. Sag es!«

»Ja, ich glaube, ich möchte es ganz gern.«

»Von mir, nicht wahr?«

»Von dir.«

So war das gewesen, und daran dachte Sabine oft. Daß sie kein Geld hatte, darüber hatte er nur gelacht, Geld verdiene er ausreichend. Mehr als sie je ausgeben könnten. Und daß sie eine große Tochter habe, Cornelia war zwölf, fand er überhaupt großartig, es dauere sowieso immer so lange, bis kleine Kinder zu Menschen würden, mit denen man etwas anfangen könne. Das hätte er sich schon mal erspart, diese Wartezeit. Sein Reden, sein Lachen, sein wirklich umwerfender Charme – wer hätte dem widerstehen können? Und in dieser Ehe, so kurz sie währte, hatte Sabine sich schon sehr verändert. Sie lachte nun auch, sie war fröhlich, sie fand sich selbst sehr hübsch, sehr begehrenswert, sie zog sich auch viel schicker an als früher, es ging ihr alles spielend von der Hand, das Leben war leicht und froh mit ihm. Das war es. Und so etwas hatte sie nie gekannt.

Manchmal, sehr selten, machte sie sich auch ein wenig Sorgen. Weil er gar so leichtsinnig mit dem Geld umging. Weil er das ganze Leben überhaupt so leicht nahm. Aber das war nun mal seine Art, und darum liebte sie ihn ja.

Als sie jetzt mit Cornelia noch am Tisch saß, vor den leeren Schüsseln und Tellern, ging ihr das alles wieder einmal durch den Kopf. Sie war glücklich. Aber sie hatte schon zu viel Schweres in ihrem Leben erlebt, um nicht an der Dauerhaftigkeit des Glücks zu zweifeln. Würde es denn immer so bleiben? *Konnte* es immer so bleiben?

Ihr Blick traf sich mit dem von Cornelia. Das Kind sah immer noch aus, als ob es schlafwandle. Cornelia war wie sie, ein wenig schwerblütig, ein wenig scheu. Ihr Vater war schließlich auch so gewesen. Die leichte Art von Jost hatte sie zunächst sehr befremdet.

Nun hatte er Cornelia ein Pferd geschenkt. Ein Pferd, das zehntausend Mark gekostet hatte. Das in jedem Monat an Pensionskosten an die fünfhundert Mark verbrauchen würde. Sie lebten schließlich in der Großstadt und nicht auf dem Land, der Unterhalt eines Pferdes kostete viel Geld. Es war ein Wahnsinn, ein bodenloser Leichtsinn, so empfand es Sabine. Wenn sie auch von Herzen Cornelia die große Freude gönnte. Aber schließlich war Cornelia nicht sein Kind, wie kam er dazu, neben allen Kosten, die ihm die Familie verursachte, sich noch diese Sonderausgaben auf den Hals zu nehmen? Aber so war er nun eben mal. Er dachte nicht viel darüber nach, er tat so etwas, einfach deswegen, weil es ihm im Augenblick Freude machte.

Gut. Sabine stand energisch auf. Es war nun mal geschehen, und darum war es sinnlos, daß sie sich unnötige Gedanken machte.

»Wann, hast du gesagt, kommen die Mädchen? Um vier? Dann mal los. Es ist gleich drei. Ich werde allein abwaschen. Du mußt Kuchen holen. Und wenn du noch im Stall vorbeifahren willst, dann wird es sowieso knapp. Und bitte schau auf die Uhr. Es wäre nett, wenn du zurück bist, wenn deine Freundinnen kommen.«

»Natürlich. Mensch, Mami, Petra wird es kaum überleben.«

Jetzt erst, nach und nach, kam Cornelia zum Denken. Petra ritt auch, sogar sehr gut. Was würde sie bloß dazu sagen, daß Cornelia ein eigenes Pferd besaß?

»Petra wird nicht wieder«, stellte Cornelia noch einmal fest, dann half sie schnell beim Abräumen, stibitzte ein paar Äpfel aus der Obstschale für Jella, holte ihr Rad aus dem Keller und radelte in Richtung Stall. Nein, erst der Kuchen. Sonst waren die besten Sachen nicht mehr da. Die Konditorei war nicht weit vom Stall entfernt, sie wohnten in München, in Schwabing, um genau zu sein, da befand sich am Rande des Englischen Gartens der Reitstall, und in der gleichen Straße, ein Stück stadteinwärts, war das Café, wo sie den Kuchen holten. Mandelschnitten waren noch da, am liebsten hätte Cornelia nicht nur ein sondern zehn Stück gekauft, um Jost damit zu füttern. Aber da war die schlanke Linie, die mußte auch bedacht werden.

Nußtorte für Steffi, Käsesahne für Petra, Aprikosen mit Streusel für Sabine. Und ich? dachte sie.

Sie brauchte eigentlich gar keinen Kuchen. Kein Mittagessen, keinen Kaffee, keinen Kuchen, sie brauchte eigentlich gar nichts mehr auf dieser Welt, sie hatte ja ein Pferd.

Der Einfachheit halber auch eine Nußtorte, und vorsorglich doch noch eine zweite Mandelschnitte. Die Tüte mit dem Kuchen wurde ans Rad gehängt und nun endlich, endlich . . .

Jella stand in ihrer Box und blickte das fremde Mädchen mit großen Augen an. Nein, das Mädchen kannte sie. Es war heute schon einmal dagewesen, sie hatte es auf dem Rücken getragen, es hatte eine dunkle sanfte Stimme und weiche Hände. Und Äpfel brachte es auch mit.

Cornelia war in die Box gegangen, hatte mit leiser Stimme zu Jella gesprochen und bot ihr nun einen Apfel auf der Hand.

»Nicht den ganzen«, sagte sie. »Du mußt abbeißen.« Sie zog die Hand ein wenig zurück. »Langsam, Jella. Abbeißen. So ist es recht.«

Jella hatte die Hälfte von dem Apfel abgebissen, kaute mit Genuß und nahm dann mit vorsichtigen Lippen die andere Hälfte aus Cornelias Hand.

Vor der Box war Berti aufgetaucht. Berti war der Pfleger in diesem Stall, ein gedrungener blonder Mann in mittleren Jahren. Mittags, als sie Jella bekam, war er nicht dagewesen, da hatte er schon Mittagspause gehabt.

»Na? Das war ne Überraschung, was?«

Cornelia nickte. »Die tollste Überraschung meines Lebens.«

»'n feines Pferd hast du da gekriegt. Sehr anständig. Hab ich keinen Ärger nich mit. Läßt sich putzen ohne zu mucksen. Auch beim Beschlagen macht sie keine Zicken. Muß 'n ordentlicher Stall sein, wo die herkommt.«

»Herr Mair sagt, es ist ein großes Gestüt. Ein sehr berühmtes, sagt er. In Schleswig-Holstein.«

»Ach ja, weeß ich. Das ist da oben im Norden. Da verstehn sie was von Pferden. So wie bei uns auch.«

»Wo kommen Sie denn her, Berti?«

»Aus dem Hannoverschen. Aus der Heide, weißt du. Da gibt es viele Pferde. Mein Vater hat im Landesgestüt in Celle gearbeitet. Mit Pferden hab ich mein Leben lang zu tun gehabt. Möchte ich auch gar nicht anders haben.«

»Und wie sind Sie nach München gekommen?«

»Mein Vater ist nicht wiedergekommen aus'm Krieg. Und meine Mutter hat denn in einem Hotel gearbeitet, in der Küche. Und da hat sie dann einen kennengelernt, der war aus Bayern, der hat da auch gearbeitet in dem Hotel, so ne Art Hilfskoch. Und wie der dann 'n Job gekriegt hat in einem Hotel hier unten eben, da isse mitgegangen. Da war ich fünfzehn Jahre alt. Seitdem bin ich in Bayern.«

»Dann haben Sie auch einen Stiefvater. Genau wie ich.«

»Nee, hab ich nich. Geheiratet haben die nich.«

»Ach so.« Cornelia war etwas verlegen. Man sollte nicht so voreilige Schlüsse ziehen.

»Meiner Mutter geht's ganz gut«, vervollständigte Berti seine Familiengeschichte. »Die is Beschließerin in einem Hotel am Tegernsee – 'n ganz feiner Laden. Geht ihr prima da. Viel besser, als wenn sie den geheiratet hätte. Der war nämlich 'n Hallodri, wie man hier sagt.«

Jella hatte inzwischen alle vier Äpfel verspeist, die Cornelia ihr mitgebracht hatte, sehr manierlich, Apfel auf Apfel hatte sie gegessen, immer sorgfältig abgebissen. Das hatte sie schon begriffen.

Eine Welle von Liebe durchflutete Cornelia.

»Du«, sagte sie, »du!« Und schlang beide Arme um Jellas Hals. Aber das war noch ein bißchen viel der Vertraulichkeit.

Jella schüttelte ihren Kopf frei, ihr Blick schien zu sagen: Sooo dicke Freunde sind wir auch noch nicht.

»Kommste dann morgen zum Reiten?« wollte Berti wissen.

»Klar. Herr Reinhardt reitet sie zuerst, und dann darf ich wieder eine halbe Stunde. Mehr darf ich noch nicht.«

»Is ganz richtig. Du mußt Geduld haben. Mußt ja selber noch viel lernen. Und wenn 'n Pferd erst mal verdorben ist, denn is aus.«

»Ich habe alle Geduld der Welt. Sie soll ein ganz erstklassiges Pferd werden.«

Und ich eine erstklassige Reiterin, dachte sie, als sie heimwärts radelte. Das bin ich Jella schuldig. Ich werde sie bestimmt nicht verderben. Eines Tages werden wir beide das beste Paar im ganzen Stall sein. Da werden alle staunen. Jella und ich, wir gehen eines Tages aufs Turnier.

Sie lachte glücklich vor sich hin und legte ein bißchen Tempo vor. Höchste Zeit, Petra und Steffi waren bestimmt schon da. Na, die würden staunen. Die kriegten den Mund nicht mehr zu.

Betrifft die Familienverhältnisse

Um endgültig klarzusehen in den Familienverhältnissen, sei hier noch einmal kurz zusammengefaßt: Jost Hartneck war also Sabines zweiter Mann, seit nunmehr einem Jahr und zehn Monaten. Ihr erster Mann, Walter Jacobs, war bei einem Autounfall ums Leben gekommen. Cornelia war damals sechs.

Für Sabine, die eine freudlose Jugend hinter sich hatte, war es ein schwerer Schlag gewesen. Es schien ihr Schicksal zu sein, allein zu bleiben, ungeliebt, ohne die Geborgenheit einer Familie. Ihre Eltern hatten sich scheiden lassen, als sie noch sehr klein war, und hatten sich kaum um sie gekümmert. Es war eine Kriegsehe gewesen, unbedacht eingegangen, wie das in solchen Zeiten oft geschieht.

Sabines Vater stammte aus einer kleinen Stadt in Holstein, aus gutbürgerlichem Haus, sein Vater war Beamter. Cornelius Eversen, so hieß Sabines Vater, begann sein Studium in Göttingen, er studierte Geologie und Physik, dann mußte er jedoch seine Militärzeit ableisten, und dann begann der Krieg. Während des Krieges bekam er einige Male Studienurlaub, den er in Berlin verbrachte. Dort lernte er Bella kennen.

Sie war außerordentlich hübsch. Das war es, was Cornelius, der ein junger Mann war und mit Frauen noch nicht viel Erfahrung hatte, zu ihr hinzog. Dazu kam, daß Bella, die eigentlich Else hieß, nicht nur ein hübsches Gesicht besaß, sondern auch eine tolle Figur, sehr temperamentvoll war und ihrerseits durchaus erfahren in der Liebe. Kein Wunder also, daß Cornelius sich Hals über Kopf verliebte. Mit einem großen Plumps fiel er in die Liebe hinein, wie ein Stein ins Wasser. So fangen die meisten Liebesgeschichten an, und so etwas ist natürlich ein ganz angenehmer Zustand. Ob jedoch eine gute Ehe daraus wird, bleibt stets abzuwarten. In diesem Fall jedenfalls nicht. Zunächst natürlich war alles eitel Sonnenschein. Cornelius, sehr froh darüber, dem Krieg für eine Weile entronnen zu sein, genoß sein Leben in Berlin, studierte auch fleißig, abends holte er Bella vom Theater ab. Sie tanzte zu jener Zeit im Ballett des Metropoltheaters, das war ein damals sehr berühmtes Operettentheater in Berlin; sie war keine bedeutende Tänzerin, aber in den fünf Jahren, die sie schon im Metropol tanzte, hatte sie genügend Routine erworben, um bestehen zu können. Außerdem, wie schon erwähnt, war sie eine sehr reizvolle Erscheinung, lange blonde Locken, große blaue Augen, die erstklassige Figur – sie paßte gut auf diese Bühne, auf der man große Ausstattungsoperetten spielte, wie das zu jener Zeit noch üblich war.

Manchmal ergatterte Bella auch eine Karte für ihren verliebten Freund, dann saß Cornelius in der Vorstellung, sah sie tanzen, mehr oder weniger bekleidet, die schlanken Beine durch die Luft wirbelnd. Für ihn war das eine total neue Welt, bisher war er nur in die Oper oder ins Konzert gegangen oder in ein ernsthaftes Schauspiel. Er fand Bella hinreißend, die Schönste von allen, nur war er auch immer sehr eifersüchtig, was sie genüßlich anheizte. Sie erzählte, daß der Tenor sie hinter den Kulissen geküßt hätte, der Buffo sie mit Anträgen verfolge und der Regisseur überhaupt ganz verrückt nach ihr war. Natürlich übertrieb sie und schwindelte eine Menge dazu, denn es gefiel ihr, wenn Cornelius eifersüchtig war. Bei einigem Verstand hätte er sich sagen müssen, daß auf dieser Bühne ein ganzer Haufen hübscher Mädchen herumhopste und daß nicht alle Männer nur auf seine Bella scharf waren.

Aber ein verliebter Mann hat selten Verstand. Er wurde durch ihr leichtfertiges Geplauder immer mehr angekurbelt und bestand darauf, sie sofort zu heiraten.

Dagegen hatte Bella nichts einzuwenden. Sie lebte bei ihren Eltern in sehr beengten und armseligen Verhältnissen, denn ihre Gage war nicht so groß, daß sie sich ein eigenes Zimmer hätte leisten können. Und Cornelius war immerhin Leutnant, er studierte, als seine Frau würde sie einige Stufen auf der gesellschaftlichen Leiter hinaufsteigen.

Cornelius hingegen wußte sehr genau, daß seine Eltern mit dieser Heirat nicht einverstanden sein würden, also fragte er sie erst gar nicht, er heiratete einfach.

Lange konnten sie nicht zusammenbleiben, er mußte wieder an die Front, der Feldzug im Osten begann, das war im Sommer 1941. Im Jahr darauf, als Bella ein kleines Mädchen zur Welt brachte, war Cornelius schon tief in Rußland drin.

Dieses kleine Mädchen war Sabine.

Bella und Cornelius sahen sich noch einmal bei einem Urlaub, das war im darauffolgenden Jahr, und Cornelius brachte diesmal Bella nach Eutin zu ihren Eltern, die sich ziemlich reserviert gegenüber dieser unerwarteten Schwiegertochter verhielten. Denn daß Bella nicht die richtige Frau für ihren Sohn und diese Ehe nicht von Dauer sein würde, das befürchteten sie sofort, als sie Bella erblickten. Womit sie Recht behalten sollten.

Cornelius wünschte, daß Bella mit der kleinen Sabine nach Eutin zu seinen Eltern übersiedeln sollte, solange der Krieg währte, sie lebten dort in Sicherheit, sagte er.

Aber dazu hatte Bella keine Lust. Sie sei eine Großstädterin, erwiderte sie, in Eutin würde sie eingehen wie ein Primeltopf. Außerdem wollte sie tanzen. Sie trat weiterhin im Metropol auf, bekam sogar gelegentlich ein kleines Solo, das Kind wurde entweder in die Theatergarderobe mitgenommen oder einer Freundin anvertraut. Sehr viel Liebe bekam das kleine Mädchen jedoch nicht, Bella war keine zärtliche Mutter, ihr war das Kind lästig.

Später, als die Theater im weiteren Verlauf des Krieges schlossen, ging sie auf eine Wehrmachtstournee, während dieser Zeit ließ sie das Kind bei ihren Eltern, die keineswegs begeistert davon waren und sich wenig um die Kleine kümmerten.

Als sich Berlin immer mehr in eine Trümmerstadt verwandelte und das Leben sehr gefährlich wurde, begab sich Bella mit dem Kind nach Süddeutschland. Nicht etwa nach Eutin, wo man sie sicher bereitwillig aufgenommen hätte, schon wegen des Kindes. Daß sie nach Süden ging und nicht nach Norden, hatte einen Grund, der hier nicht verschwiegen werden soll: Bella hatte nämlich inzwischen einen Freund, einen Musiker, der ein Engagement nach München hatte, und ihm folgte sie nach München, sie betrog also ihren Mann, der an der Front stand, was nicht sehr schön von ihr war, was aber manche Frauen taten.

In München war es keineswegs sehr friedlich, aber Sabine und Bella überlebten alle Luftangriffe; dann war der Krieg zu Ende, in München rückten die Amerikaner ein, Berlin wurde von den vier Siegermächten besetzt, Cornelius war in Gefangenschaft.

Erst im Jahr 1947 kehrte er nach Deutschland zurück. Mit seiner Frau hatte er lange keine Verbindung gehabt, sie hatte sich auch gar nicht darum gekümmert, was aus ihm geworden war, doch seine Eltern wußten immerhin, wo sie lebte.

Als Cornelius schließlich Bella wiedertraf, trat sie in einem amerikanischen Offiziersclub auf. Es ging ihr sehr gut, was man zu jener Zeit von den wenigsten Leuten sagen konnte, doch ihr Freund, jetzt war es ein amerikanischer Captain, versorgte sie großzügig mit allem, was es eigentlich gar nicht gab – mit Lebensmitteln, Whisky, Zigaretten, Nylonstrümpfen; letzteres war zu jener Zeit eine unerhörte Kostbarkeit. Bella dachte nicht im Traum daran, ihre Ehe mit Cornelius wieder aufzunehmen. Was war er denn schon groß? Ein besiegter Deutscher. Er hatte kein Geld, das Studium nicht beendet, und daß er vorher Leutnant, zuletzt Oberleutnant gewesen war, bedeutete nun gar nichts mehr.

Verständlicherweise war Cornelius sehr enttäuscht und verbittert, er widersetzte sich der Scheidung nicht, die Bella wünschte, und damit war diese Liebesgeschichte zu Ende. Die kleine Sabine war in einem Heim untergebracht, das von Schwestern geleitet wurde, übrigens recht gut untergebracht, wovon Cornelius sich überzeugte. Sie war fünf Jahre alt, ein blondes kleines Mädchen, das ihn natürlich nicht kannte, genausowenig, wie er es kannte. Trotzdem hätte er das Kind gern mitgenommen und zu seinen Eltern gebracht, aber seine Mutter war sehr krank und starb im Laufe des darauffolgenden Jahres.

Also blieb Sabine, wo sie war.

Sie wuchs in dem Heim auf, ging dann zur Schule, die sie mit sechzehn verließ, es folgte ein Kursus in einer Berufsschule, sie wurde Stenotypistin.

Bella folgte ihrem Freund später nach Amerika, der war jedoch verheiratet und hatte keine Zeit mehr für sie. Sie trat dann in New York auf, in billigen Nachtclubs, aber viel Erfolg hatte sie nicht, es gab dort hübschere und jüngere Mädchen, schließlich heiratete sie, aber es war keine glückliche Ehe, es ging ihr schlecht. Es war ein mißlungenes Leben, und man kann sagen, daß sie nicht ganz schuldlos daran war.

Damit verschwindet Bella aus dieser Geschichte. Man hat nie wieder von ihr gehört, sie hatte sich auch nie wieder um ihr Kind gekümmert.

Cornelius besuchte im Laufe der kommenden Jahre seine Tochter einige Male in München. Es ging ihm nicht sehr gut, er hatte wenig Geld, beendete unter schwierigen Umständen sein Studium, ein später Student, wie es in jenen Jahren viele gab. Jedoch bezahlte er pünktlich das Pflegegeld für Sabine, und wenn er sie besuchte, brachte er ihr auch immer etwas mit, ging mit ihr in eine Konditorei zu Kaffee und Kuchen, viel zu sagen hatten sie sich nicht, sie kannten sich ja kaum.

Sabine sah ihren Vater das letztemal, als sie zwölf Jahre alt war. Da hatte er sein Studium beendet, hatte auch promoviert und erzählte ihr, daß er mit seinem Professor an einer Forschungsreise durch Südamerika teilnehmen werde.

Bei diesem letzten Besuch schloß er sie in die Arme, küßte sie auf die Stirn, sagte, sie solle fleißig lernen und brav sein, was man eben so sagt als ungeübter Vater. Doch diese Umarmung vergaß Sabine nie. Sie war so selten in ihrem Leben umarmt worden, sie war so hungrig nach Liebe, und diese flüchtige Zärtlichkeit, diese letzte Begegnung mit ihrem Vater, blieb ihr eine kostbare Erinnerung.

Ehe er abreiste, hatte Cornelius noch geregelt, daß die Oberin des Heimes die Vormundschaft für Sabine übernahm, weil er, wie er sagte, nicht wisse, wann er nach Deutschland zurückkehren werde. Er ließ Geld zurück für ihren Unterhalt und die spätere Ausbildung, es war nicht viel, und es war sein letztes Geld, aber es reichte bei dem bescheidenen Leben, das Sabine in dem Heim führte, bis sie soweit war, sich selbst ihren Lebensunterhalt zu verdienen. Das tat sie ab siebzehn, da bekam sie ihre erste Stellung. Sie lebte aber weiterhin in dem Heim, und da sie in ihrer freien Zeit dort in der Küche und bei den Kindern half, mußte sie nichts dafür bezahlen.

Als sie achtzehn war, lernte sie Walter Jacobs kennen. Ein ernsthafter junger Mann, kein Bayer, seine Eltern stammten aus Pommern, und er war erst seit kurzer Zeit in München, zuvor hatte er in einer Kleinstadt gelebt. Er arbeitete in einer Buchhandlung als Gehilfe und träumte davon, später selbst einmal ein Buch zu schreiben.

Sabine war gerade neunzehn geworden, als sie ihn heiratete. In den vergangenen Jahren hatte sie sehr selten von ihrem Vater gehört. Er kam weit in der Welt herum, das ersah Sabine aus den Karten und den Briefen, die manchmal, sehr selten, aus fernen Ländern kamen. Sie schrieb getreulich ab und zu einen Brief an ihn, der an den American Express adressiert werden mußte, und irgendwann erreichten ihn die Briefe auch, das merkte sie an seinen Antworten.

So konnte sie ihm dann auch mitteilen, daß sie geheiratet hatte. Er gratulierte ihr dazu, schickte eine beachtliche Summe Geld, dafür konnten Walter und sie ein paar Möbelstücke für ihre bescheidene kleine Wohnung kaufen.

Sie erzählte ihrem Mann alles von ihrem Vater, was sie wußte, viel war es nicht. Walter fand, dieser Vater war im Grunde genauso lieblos wie die verschwundene Mutter, viel brauche sie sich auf ihre Eltern nicht einzubilden.

Doch als Sabine ein Jahr nach ihrer Hochzeit ein kleines Mädchen bekam, nannte sie es Cornelia im Gedenken an den fernen Vater.

Das Hochzeitsgeschenk, das Geld also, das Cornelius ihr geschickt hatte, war das letzte, was Sabine von ihrem Vater hörte. Offenbar war er der Meinung, sie sei nun versorgt und untergebracht, er trage keine Verantwortung mehr, dieses Kapitel seines Lebens sei abgeschlossen.

»Doch jetzt hast du mich«, hatte Walter Jacobs gesagt und sie in die Arme geschlossen. »Nun wirst du nie mehr allein sein.«

Dieses Versprechen konnte er nicht halten, er verunglückte, wie schon berichtet, tödlich mit seinem Auto.

Das Auto hatte er sich lange gewünscht und eisern zusammengespart, und er war sehr stolz, als er es dann hatte.

Zu jener Zeit schrieb er an seinem ersten Roman, und da ein Teil davon in Oberitalien spielen sollte, plante er eine Reise dorthin. Sabine und Cornelia sollten mitkommen. Aber da bekam Cornelia eine Blinddarmentzündung und mußte operiert werden, Walter Jacobs fuhr allein. Der ungebärdige Blinddarm rettete gewissermaßen Sabine und Cornelia das Leben, denn Walters Wagen wurde total zertrümmert in einem Abgrund gefunden. Wie es geschehen war, erfuhr Sabine nie. Hatte er die Herrschaft über den Wagen auf der abschüssigen Straße verloren, war ihm übel geworden, denn er litt manchmal an Kreislaufschwäche, hatte ein anderer Wagen ihn abgedrängt oder geschnitten und war dann geflüchtet – es gab keine Zeugen. Es gab nur den toten Mann.

Sabine war wieder allein. Es schien ihr so bestimmt zu sein. Ersparnisse waren keine da, also ging sie wieder arbeiten. Es war in der Zeit der Hochkonjunktur, und sie fand leicht eine Stellung. Cornelia kam in die Schule, die beiden lebten in einer Zweizimmerwohnung, lebten ganz für sich und waren zufrieden damit. In all den Jahren gab es in Sabines Leben keinen Mann, keine Liebesgeschichte, nicht einmal einen Flirt. Sie lebte nur für ihre kleine Tochter und ihre Arbeit. Sie war inzwischen Sekretärin in einer großen Baufirma, eine hochgeschätzte, selbständige Kraft, sehr beliebt bei ihrem Chef und ihren Mitarbeitern. Oft kam sie spät nach Hause, es war, wie gesagt, die Zeit der Hochkonjunktur, gebaut wurde sehr viel, und in einer Stellung, wie Sabine sie nun bekleidete, konnte man nicht immer pünktlich um sechs nach Hause gehen. Cornelia wurde dadurch sehr selbständig, sie kaufte ein, bereitete das Abendessen vor, nachdem sie allein und ohne Hilfe ihre Schularbeiten gemacht hatte.

Diese Jahre verbanden Mutter und Tochter fest. Sie waren einander sehr vertraut, erzählten sich alles, was sie erlebten, Cornelia von der Schule, Sabine von ihrer Arbeit, am Samstag gingen sie zum Einkaufen, manchmal abends ins Theater, und im Sommer machten sie zusammen Ferien. Am Chiemsee, im Bayerischen Wald, im Allgäu, in Österreich, das konnte sich Sabine durchaus leisten. Nur nach Italien fuhr sie nie, was man gut verstehen kann.

Und dann kam Jost Hartneck in ihr Leben.

Es geschah auf die einfachste Weise der Welt. Jost war zu jener Zeit leitender Architekt eines großen Bauprojektes am Stadtrand von München, und die Baufirma, bei der Sabine arbeitete, hatte mit dem Bau zu tun. Auf diese Weise kam Jost manchmal in das Bürohaus der Baufirma, lernte Sabine kennen, und galant, wie er nun einmal war, begann er einen kleinen Flirt mit ihr. An sich bedeutete das bei ihm nicht viel, er flirtete mit jeder einigermaßen ansehnlichen Frau, er war überhaupt ein lebensfroher Mensch. Verheiratet war er nie gewesen, dazu hätte er keine Zeit gehabt, sagte er. Aber die Freundinnen, die seinen Lebensweg begleitet hatten, waren kaum zu zählen.

Warum er sich ausgerechnet in Sabine ernsthaft verliebte, so ernsthaft, daß er sie heiraten wollte, gehört in die Rubrik unerklärlicher Rätsel der menschlichen Seele.

Denn Sabine war lange nicht so attraktiv wie seine sonstigen Begleiterinnen, sie war sehr zurückhaltend und keineswegs eine leicht zu erobernde Frau.

Doch für Jost war eben gerade *das* der Reiz an ihr. Neben dem Wunsch, sie zu erobern, überkam ihn eben das, was er Beschützerinstinkt nannte. Und so etwas hatte er noch bei keiner Frau erlebt.

Er war ein bekannter, sehr wohlhabender Architekt, der allerdings das Geld so leicht ausgab, wie er es verdiente. Daß er in den ersten Rang der namhaften Architekten aufgestiegen war, hing mit den Olympischen Spielen zusammen, die bekanntlich 1972 in München stattfanden.

Nach seinem Studium hatte Jost erst in einem Architekturbüro gearbeitet, dann machte er mit einem Freund und Studienkollegen zusammen eine eigene Firma auf, die so recht und schlecht ging, ein wenig zu tun hatten sie immer, reich wurden sie zunächst nicht.

Außerdem, das muß man gerechterweise erwähnen, war Jost nicht sehr arbeitsam, er hatte zwar immer gute Einfälle, aber er war sehr lebenslustig, er reiste viel, rauf und runter in ganz Europa und auch in Amerika, was ja, zugegeben, für einen Architekten ganz nützlich und bildend ist. Und dazu all die Mädchen, die seinen Lebensweg begleiteten und für die er ja auch allerhand Zeit aufwenden mußte. Mit einem Wort, er lebte ein lustiges Leben.

Er und sein Freund beteiligten sich jedoch an vielen Wettbewerben, die immer ausgeschrieben werden, wenn irgendwo ein großer interessanter Bau geplant wird, sei es von Behörden, Gemeinden, von Industrie und Handel, von Wirtschaft, Stadt oder Staat. Einigemale bekamen sie auch einen Preis, ganz unbekannt waren ihre Namen nicht mehr, und als dann in München die Olympischen Spiele vorbereitet wurden, kamen sie dank ihrer guten Ideen in das Architektenteam, das mit den Bauten für diesen Zweck betraut wurde.

Das bedeutete Ansehen, Erfolg, eine gewisse Berühmtheit. Es bedeutete auch Geld.

Im Winter nach den Olympischen Spielen war es, als Sabine den Architekten Hartneck kennenlernte, dessen Name ihr natürlich bekannt war, denn damals schwamm Jost auf der großen Erfolgswelle seines Lebens.

Sein Freund und Partner trennte sich in diesem Winter von ihm, ganz im Guten, denn er übernahm einen Lehrstuhl für Städteplanung an einer Universität.

Daraufhin führte Jost seine Firma allein.

Er hatte viel Arbeit, war sehr angespannt, denn Erfolg bringt wieder Erfolg, und außerdem kam die Liebe in sein Leben.

Ausgerechnet diese zierliche blonde Frau mit den großen Augen wurde sein Schicksal. Er rief Sabine jeden Tag an, er brachte ihr Blumen ins Büro, Pralinen, er kam am Abend mit seinem riesigen Schlitten von Auto, um sie abzuholen, er lud sie ein in teure Restaurants, die Sabine bisher nicht einmal von außen, geschweige denn von innen kannte, und als er erfuhr, daß sie Musik liebte, ging er mit ihr in die Oper oder ins Konzert – mit einem Wort, er kam wie ein Märchenprinz in Sabines Leben, die so etwas noch nie erfahren hatte.

Und er gefiel ihr auch. Er war nicht sehr groß, stämmig, breitschultrig, mit braunem Haar und braunen Augen, aber es war nicht sein Aussehen, das ihn unwiderstehlich machte, es war sein Charme, seine Heiterkeit, sein Witz und schließlich seine Art, einer Frau den Hof zu machen.

Ziemlich bald sprach er von Heirat.

Er sagte: »Ich war fest dazu entschlossen, nie im Leben zu heiraten. Du mußt eine Hexe sein, du blonde Unschuld, daß ich auf diese Idee verfalle.«

Sabine lächelte. Sie kannte ihn schon recht gut und verstand es inzwischen, auf seinen Ton einzugehen.

»Ich bin aufs Heiraten nicht scharf«, erwiderte sie. »Wenn ich hexen könnte, würde ich mir ganz andere Dinge herbeizaubern.«

»Was zum Beispiel?«

Diese Frage konnte Sabine nicht gleich beantworten. Denn als sie nachdachte, kam sie zu dem Ergebnis, daß sie sich eigentlich gar nichts Schöneres wünschen konnte als einen Mann, der zu ihr gehörte und der sie liebhatte, eine Familie, ein Heim, mit einem Wort die Geborgenheit, die sie ihr Leben lang vermißt hatte.

Also sagte sie, daß sie ihn eigentlich doch ganz gern heiraten würde. Nur –

»Nur?«

»Cornelia.«

Jost kannte Cornelia, er hatte sie gesehen, wenn er Sabine abholte, und sie waren auch schon manchmal am Sonntag zum Mittagessen aufs Land oder ins Gebirge gefahren. Cornelia war dann immer sehr still, zu Jost fast abweisend. Sie war eifersüchtig. Bisher hatte ihre Mutter ihr allein gehört.

»Du denkst, daß Cornelia etwas gegen mich hat?«

»Nicht gegen dich. Vermutlich gegen jeden Mann, den ich heiraten würde.«

»Na ja, sicher, das ist vielleicht eine ganz verständliche Reaktion. Du hast bis jetzt nur für das Kind gelebt. Aber du bist eine junge Frau, die ein Recht auf ein eigenes Leben hat. Das wird Cornelia einsehen.«

Cornelia sah es ein, so dumm war sie nicht. Sie setzte der geplanten Heirat keinen Widerstand entgegen, sie benahm sich wie ein vernünftiges Mädchen, aber im Grunde ihres Herzens war sie unglücklich, fühlte sich verlassen und verstoßen. Obwohl Jost von Anfang an einen freundschaftlichen und herzlichen Ton zu ihr fand.

Als Sabine und Jost heirateten, war Cornelia zwölf. Sie bezogen eine geräumige Sechszimmerwohnung in Schwabing, die Zimmer waren groß, es gab zwei Badezimmer, Cornelia hatte ein schönes Zimmer für sich allein, die ganze Wohnung wurde bildschön eingerichtet.

Erstaunlicherweise hatte Jost sich noch kein eigenes Haus gebaut, obwohl ja Architekten immer gern Häuser für sich selbst bauen, möglichst auffallende, moderne Häuser.

Aber solange er allein gelebt hatte, war das nicht nötig gewesen, auch war er ja viel auf Reisen.

Nun sprach er manchmal von dem Haus, das er bauen würde. Pläne dazu existierten schon. Er konnte sich bloß nicht entscheiden, wo das Haus stehen sollte. In der Stadt, am Stadtrand, in einem Vorort von München? Oder gleich auf dem Land, in den Bergen, an einem der Seen? Das mußte gründlich bedacht werden, ein passendes Grundstück mußte schließlich auch erst gefunden werden. Zunächst jedenfalls lebten sie sehr bequem in der großen Wohnung.

Und dann stellte sich zu aller Überraschung heraus, daß Sabine ein Kind erwartete.

Damit hatte sie selbst am wenigsten gerechnet, was natürlich töricht von ihr war, sie war eine junge Frau, dreiunddreißig Jahre alt, warum sollte sie kein Kind bekommen? Aber sie hatte so lange ohne Mann gelebt, daß sie sich älter vorkam, als sie war.

Dieses zweite Kind, das sie zur Welt brachte, verwandelte sie auf erstaunliche Weise. Sie war so hübsch wie nie zuvor, sie war heiter, selbstbewußt, aktiv, das Leben begann wirklich für sie noch einmal neu.

Jost freute sich ganz gewaltig, daß er Vater wurde. Nur Cornelia hatte gemischte Gefühle. Nicht genug, daß sie die Mutter an den fremden Mann verloren hatte, jetzt kam noch das kleine Brüderchen dazu, das die Liebe und Fürsorge ihrer Mutter, die ihr so lange allein gehört hatte, beanspruchte. Und das obendrein die Mutter so glücklich machte.

Denn das konnte Cornelia gut genug beobachten. Wieder einmal fühlte sie sich verlassen und verstoßen. Aber sie sprach auch diesmal nicht davon, bemühte sich um gute Haltung, um Verständnis, um Fairneß.

Jost, trotz aller Heiterkeit kein oberflächlicher Mensch, verstand das alles sehr gut. Er dankte es Cornelia, ohne daß darüber Worte gemacht wurden.

Nicht zuletzt darum hatte sie nun das Pferd bekommen.

Vom dramatischen Dasein eines Pferdebesitzers

Doch zurück zu Cornelia und Jella.

Was soll man nun über die Zeit erzählen, die folgte?

Auf die Dauer wird es ja langweilig, wenn man von einem Menschen immer bloß sagen kann: er ist glücklich.

Aber so war es wirklich. Dem glücklichsten Tag von Cornelias Leben, dem 5. April, folgte das glücklichste Jahr ihres Lebens. Cornelia und Jella, Jella und Cornelia, das stimmte binnen kurzem zusammen und wurde eine so harmonische Einheit, daß jeden unbeteiligten Zuschauer nur der blasse Neid erfassen konnte. Es war geradezu ins Gegenteil verkehrt – war zuvor Cornelia eifersüchtig gewesen und hatte sich gegenüber der übrigen Familie ausgeschlossen gefühlt, so sagte nun Jost: »Man kommt sich ja direkt überflüssig vor. Du hast nur noch deinen Gaul im Kopf, für uns hast du nicht mehr das geringste Interesse. Ich glaube, Sabine, wenn wir morgen nach Australien auswandern würden, diese deine Tochter würde es kaum bemerken.«

Da war was dran. Sabine und Jost konnten sich wirklich benachteiligt fühlen, denn wenn Cornelia nicht in der Schule war oder über ihren Schularbeiten saß, hielt sie sich im Stall auf. Nur der kleine Sebastian beklagte sich nicht über Vernachlässigung, dem war das noch total schnuppe, was er brauchte, bekam er sowieso, und dafür war Sabine zuständig.

Nun macht Glück ja bekanntlich nicht nur glücklich, es macht auch hübsch.

Cornelia entwickelte sich in dem Jahr, das folgte, sehr zu ihrem Vorteil. Sie wuchs noch ein Stück, war nun größer als ihre Mutter, ihr Gesicht formte sich, ihre Augen strahlten, ihr Haar glänzte, und sie war immer allerbester Stimmung, keiner hatte sie je so oft lachen sehen, keiner hatte sie je so munter plaudern hören.

Meist natürlich redete sie von Jella. Was die heute wieder gesagt und getan hatte, wie sie sich benommen hatte, wie sie den Kopf gewendet oder mit den Ohren gespielt hatte, welchen Eindruck ihr ein unvermutet auffliegender Vogel, ein bellender Hund, eine Plastiktüte auf dem Reitweg, ein knackender Zweig, ein plötzlich auftauchender Spaziergänger, ein undiszipliniert an ihr vorbeigaloppierendes anderes Pferd, ein Regenschauer, ein heftiger Wind, lästige Fliegen und stechende Bremsen gemacht hätten.

Das alles sind Dinge, die einem Pferd eine Menge Eindruck machen, auf die es reagiert und mit denen ein Reiter rechnen muß.

Am meisten empörte sich Jost darüber, wenn Cornelia berichtete, was Jella gesagt habe.

»Zweifellos handelt es sich um ein Wunderpferd. Aber so weit, daß es sprechen kann, hat es sich ja wohl doch noch nicht entwickelt.«

»Für mich spricht sie«, beharrte Cornelia. »Ich weiß immer genau, was sie sagen will. Genauso deutlich, als wenn sie es aussprechen würde.«

»Du spinnst, mein teures Mädchen.«

Nun ist es allerdings so: Wenn man sehr viel mit einem Tier zusammen ist und seine Reaktionen beobachtet, wenn man sich aufmerksam mit einem Tier beschäftigt, dann kann man wirklich sehr gut verstehen, was es ausdrücken will. Es gibt durchaus eine Möglichkeit, sich zu verständigen, sofern der menschliche Partner des Tieres genügend Liebe und Verständnis aufbringt.

Extra betont sollte vielleicht noch werden, daß die Schule unter Jella in keiner Weise litt. Cornelia arbeitete so intensiv wie nie zuvor, es ging ihr alles leicht von der Hand, oder besser gesagt, aus dem Kopf, ihre Zensuren verbesserten sich; eine gute Schülerin war sie ja immer gewesen, aber jetzt wurde sie geradezu eine Musterschülerin. Womit wieder einmal bewiesen wäre, daß der innere Schwung, die Lebensfreude, die Lebensbejahung alle Dinge leichter machen und das Leistungsvermögen eines Menschen außerordentlich steigern können, ohne daß er sich deswegen Tag und Nacht den Kopf zerkrümeln muß.

Einiges Lehrgeld hatte Cornelia in dieser neuen Phase ihres Reiterlebens selbstverständlich auch zu zahlen. Es gab im Laufe des Jahres drei Stürze, zwei harmlose, ein etwas bedenklicher. Denn immerhin war Jella noch ein relativ junges Pferd, sie mußte ihre Lebenserfahrungen auch erst machen. Außerdem sind Pferde nun mal, so groß und stark sie erscheinen, zumeist von ängstlicher Natur, ein Fluchttier von der Wesensart her, sie erschrecken vor allem Unbekannten, allem Unvorhergesehenen, verlieren manchmal ganz einfach den Kopf, und dann landet der Reiter unter Umständen im Parterre.

Cornelias erster Sturz ereignete sich blödsinnigerweise gleich bei ihrem ersten selbständigen Ausritt, und darüber ärgerte sie sich gewaltig.

Zunächst war es bei der anfänglichen Regelung geblieben. Herr Reinhardt, der Reitlehrer, ritt Jella jeden Tag eine halbe bis dreiviertel Stunde, immer ehe Cornelia zum Reiten kam, damit das Pferd »abgeritten« war, wie der Fachausdruck lautet. Das heißt soviel wie: Der erste Dampf muß raus, und das Pferd muß einmal am Tag von sachverständiger Hand gearbeitet werden. Manchmal, wenn das Wetter schön war, nahm Herr Reinhardt Jella auch mit ins Gelände, wenn er mit der Gruppe oder mit Einzelreitern ausritt, damit sie sich auch daran gewöhnte.

Wenn Cornelia am Nachmittag kam – nur Samstag und Sonntag hatte sie am Vormittag Zeit –, ritt sie unter der Aufsicht von Herrn Reinhardt meist bei einer seiner Reitstunden mit und mußte sich damit abfinden, daß sie von ihm besonders hart rangenommen wurde.

»Denn«, so sagte Herr Reinhardt ganz zu Recht, »wenn du

nun schon ein eigenes Pferd hast, und so ein gutes dazu, dann mußt du auch ordentlich reiten lernen. Sonst verdirbst du das Pferd.«

Eine Zeitlang konnte sie ihm gar nichts recht machen, er schurigelte sie ganz schön, aber das verdroß Cornelia in keiner Weise. Sie wollte es ja so gut wie möglich lernen, und daß es ein Unterschied war, ob man in der Stunde auf einem kummergewöhnten Verleihpferd mitzockelte oder ein lebhaftes junges Pferd, das feinnervig auf jede Kleinigkeit reagierte, in eigener Verantwortung ritt, darüber war sie sich von vornherein klar.

Und wenn Herr Reinhardt nicht meckerte, sie nicht anschrie, sondern nur einen kurzen Brummlaut von sich gab, wenn sie nach der Stunde, mit einem fragenden Blick auf ihn, Jella am Zügel, aus der Bahn ging, dann war das schon ein enormer Erfolg.

An einem schönen Tag Anfang Juni sagte er: »Heute kannst du mal mit mir ausreiten.«

Cornelia bekam rote Backen. Also nun! Endlich!

Sie hatte ihn nämlich schon einigemale gefragt, wann sie endlich mit ihrem Pferd ins Gelände gehen dürfe, doch er hatte sie immer kurz beschieden: »Noch nicht.«

Er hatte hingegen – wie schon berichtet – Jella öfter mit hinausgenommen, so daß sie an die große weite Welt gewöhnt war. Und sie ging gern spazieren. Es gefiel ihr besser als das langweilige Rundherum in der Manege, auch wenn sie dort bereitwillig und gehorsam alles tat, was man von ihr verlangte, so gut, wie sie es inzwischen gelernt hatte: ein flotter Schritt im Takt, ein kurzer Arbeitstrab mit schön getragenem Kopf, ein Mitteltrab mit Tempo, ein Arbeitsgalopp, das fiel ihr noch ein wenig schwer, sie galoppierte lieber mit Schwung, das fiel ihr leichter. Sie ging bereits eine elegante Volte, konnte auf der Vorhand kehrtmachen, durch die Bahn wechseln, rückwärts richten, auch über Cavaletti traben und einen kleinen Sprung sauber ausführen. Das alles konnte sie, und das konnte Cornelia auch.

Im Freien aber machte es Jella doch mehr Spaß, da konnte ein Pferd ordentlich die Beine bewegen, den Kopf ein wenig höher tragen, und wenn es ans Galoppieren ging, so mal richtig einen Zahn zulegen.

Der erste Ausritt also.

»Mit der Truppe?« fragte Cornelia atemlos.

»Nein. Wir beide allein.«

Auch das noch. Da mußte sie verdammt aufpassen, das war Cornelia klar. Sonst würde es für längere Zeit ihr letzter Ausritt gewesen sein.

»Na, denn paß mal gut auf, daß du nicht zu Fuß nach Hause kommst«, verwarnte Berti sie noch herzlich, als er ihr den Bügel zum Aufsitzen hielt.

»Mensch, Berti, halten Sie mir den Daumen.«

»Mach ich.«

Im Schritt ging es vom Hof herunter, über die kleine Brücke, die den Reitstall mit dem Englischen Garten verband.

Herr Reinhardt ritt einen großen schwarzbraunen Wallach, sein eigenes Pferd, ein sehr gutes Pferd, mit dem er gelegentlich auf Turniere ging. Der Wallach hieß Mongolenfürst, wurde aber von Herrn Reinhardt für gewöhnlich Mongo genannt. Mongo kannte die goldfarbene Stute nicht, denn wenn Herr Reinhardt ihn ritt, konnte er nicht gleichzeitig auf Jella sitzen, und so waren die beiden noch nicht zusammengetroffen. Mongo fand die Dame sehr attraktiv. Er wandte immer wieder den Kopf zu ihr, prustete sie an und stieß nach einer Weile mit der Nase sacht an ihren Hals. Das hieß in der Pferdesprache: »Du gefällst mir.« Jella wandte kokett das Köpfchen, sie war immerhin ein weibliches Wesen in den besten Jahren und einem Flirt nicht abgeneigt.

Im Schritt gingen sie eine Weile nebeneinander her, schweigend, denn ein großer Redner war Herr Reinhardt nicht. Sie überquerten die Straße, die durch den Englischen Garten führte, und kamen auf einen geradeaus führenden Sandweg.

»Trab!« befahl Herr Reinhardt.

Dessen hätte es nicht bedurft. Auf diesem Weg wurde meist getrabt, das wußten die Pferde und begannen meist von selbst zu traben.

Das ging schon mal sehr gut. Cornelia entspannte sich ein wenig, verbesserte unauffällig ihren Sitz, die Absätze herunter, die Schultern zurück, den Kopf hoch. Denn bisher hatte sie pausenlos auf Jellas Hals und Jellas Ohren gestarrt. Nicht, daß sie Angst gehabt hätte. Ihr war das Pferd inzwischen sehr vertraut. Aber im Freien war es doch etwas anderes als in der Bahn. Früher war sie ja auch oft ausgeritten, mit einem Verleihpferd in der Truppe, also war der Englische Garten ihr wohlvertraut, jedenfalls so weit sie bei diesen Ausritten kamen, die meist auf eine Stunde beschränkt waren. Aber nun war sie, seit sie Jella besaß, nicht draußen gewesen, und so war es eben doch ein wenig aufregend.

Dann mußte ein kleiner Platz überquert werden, auf dem Bänke und ein Kiosk standen, hier gab es Spaziergänger, Banksitzer, Kinder, Radfahrer, Hunde.

»Auf die Hunde mußt du achtgeben«, sagte Herr Reinhardt. »Sie ist nicht übermäßig ängstlich, aber ein plötzlich auf sie zuschießender Hund macht ihr bange.«

Heute waren alle Hunde artig, keiner kam ihnen zu nahe. Das nächste Stück Reitweg wurde meist im Galopp genommen, doch heute, bei dieser Premiere, kommandierte Herr Reinhardt abermals: »Terab!«

Anschließend ging es über eine Brücke, hinaus auf eine Straße, die den vorderen, sehr besuchten Teil des Englischen Gartens mit dem hinteren, sehr viel ruhigeren, verbindet. Über dieses Verbindungsstück führt eine breite, vielbefahrene Straße, der sogenannte Mittlere Ring, der unter anderem auch Autobahn mit Autobahn verbindet, womit sich jeder leicht vorstellen kann, was hier los ist.

Fußgänger, Radfahrer und Reiter aber hatten hier dank Gottes Fügung oder eigentlich mehr dank dem Verstand des Städtischen Straßenbauamtes eine Unterführung, so daß sie von dem wilden Verkehr nicht betroffen wurden. Denn zu Pferd hätte man diese Straße sowieso nie überqueren können, und damit wäre der Englische Garten zum Reiten nicht mehr zu gebrauchen gewesen.

Die Pferde kannten die Unterführung, sie gingen ohne große Erregung durch, und an Autolärm waren sie ja als Kinder des 20. Jahrhunderts mittlerweile auch gewöhnt.

Aber es kam immer wieder vor, daß ein Pferd buckelte, wenn es über ihm gar zu laut herging.

Jella kannte die Unterführung inzwischen auch schon. Nicht so lange wie Mongo, der sich seit drei Jahren in diesem Stall aufhielt. Jella war immerhin erst vor fünf Monaten in München in dieser Reitschule gelandet, vorher hatte sie nur auf den friedlichen Koppeln ihrer holsteinischen Heimat gelebt und war höchstens auf ruhigen Wiesen- oder Waldwegen spazierengegangen.

Irgendwie unheimlich war ihr die Unterführung immer noch. Gerade als sie darunter waren, donnerte ein Riesenbrummer von Laster über sie hinweg, Jella warf den Kopf hoch und machte ein paar Sprünge auf dem Asphalt.

»Ho! Ho!« machte Herr Reinhardt, und Mongo warf seiner neuen Bekannten einen tadelnden Blick zu. Hysterisch, diese Weiber, schien er zu denken.

Jella beruhigte sich gleich wieder, senkte folgsam den Kopf und schämte sich ein bißchen. Klar, sie wußte es ja, der Krach war oben und sie war unten. Aber mußte es so laut sein?

»Lärm ist für Pferde das schlimmste«, sagte Cornelia zu Jellas Entschuldigung, als sie zu Hause beim Abendessen diese Szene schilderte, wobei wieder einmal Gelegenheit gegeben war, genau mitzuteilen, was Jella gedacht, gesagt und getan hatte.

»Ich mag Laster auch nicht«, stand Sabine Jella bei.

»Pferde hören auch anders als wir«, erklärte Cornelia, »für sie ist alles viel lauter.«

»Sie haben schließlich auch größere Ohren«, fügte Jost sachlich hinzu.

Doch zurück zum Ausritt.

Nachdem sie in dem hinteren, viel größeren und sehr ruhigen Teil des Englischen Gartens angekommen waren, begann erst der richtige Ausritt. Erst ging der Reitweg unter Bäumen entlang, dann bog er ins Freie, eine schöne lange Strecke geraden Weges, zur Linken der Waldrand, zur Rechten eine große Wiese.

»Na? Traust du dich?« fragte Herr Reinhardt.

»Klar.«

Die Frage bezog sich darauf, ob sie sich traute, diesen Weg zu galoppieren. Auf dieser Strecke wurde meist galoppiert, auch das wußten die Pferde.

»Bleib hinter mir«, sagte Herr Reinhardt. »Nimm sie nicht zu fest, die Hände tief, den Sitz leicht, aber nicht die Verbindung zum Sattel verlieren.«

Mongo schritt würdig vor, Cornelia hielt Jella zurück, was diese nicht ganz einsehen konnte. Dann galoppierte Mongo ruhig an, mit langen gleichmäßigen Sprüngen zog er dahin. Au fein, Galopp, dachte Jella und sprang mit großem Schwung an. Galopp war ihre Lieblingsgangart.

Warum allerdings ihr dunkler Kavalier vor ihr gehen sollte, konnte sie nicht ganz einsehen. So schnell wie der war sie schon lange. Sie streckte den Hals und machte sich daran, Mongo zu überholen.

Herr Reinhardt parierte durch.

»Ich hab gesagt, du sollst hinter mir bleiben.«

»Sie zieht vor.«

»Das darf sie nicht. Du bestimmst das Tempo. Wenn du ihr einmal durchgehen läßt, daß sie bestimmt, kannst du das Reiten aufgeben.«

Er hatte leicht reden. Das Reiten war sein Beruf, er tat es seit vielen Jahren und jeden Tag viele Stunden, kein Pferd hätte es gewagt, ihm sein Tempo aufzuzwingen.

Jella und Cornelia kamen wieder auf zweite Position, ein paar Meter Schritt, dann galoppierte Mongo erneut an.

Cornelia setzte sich tiefer in den Sattel, strich mit der Hand beruhigend über Jellas Mähnenkamm.

»Psch, Psch!« machte sie dabei. »So! So ist es brav. Ganz brav, Jella. Langsam, Jella!«

Jella war nicht dumm. Sie hatte kapiert. Sie fand es zwar albern, aber bitte, wenn die es partout so haben wollten! Ihre Nase befand sich immerhin auf der Höhe von Mongos Popo, rechts davon genauer gesagt, und da blieb sie, bis der Reitweg zu Ende war.

Cornelia atmete auf. Herr Reinhardt schwieg.

Eine Weile gingen sie Schritt, dann kam eine Wiese, die sogenannte Galoppwiese. Das war die einzige Wiese im riesengroßen Englischen Garten, über die die Pferde galoppieren durften, sehr großzügig ging man mit Reitern nicht um, sie waren schließlich eine Minderheit.

Minderheiten werden immer schlecht behandelt, das ist ein Gesetz von Ewigkeitswert.

Wußte, *ahnte* die Verwaltung des Englischen Gartens, *wie* gern ein Pferd über eine Wiese galoppiert? Für ein Pferd ist das der Himmel auf Erden, da kann der schönste Reitweg nicht gegen an. Aber leider, trotz ungezählter Wiesen, sie durften nur über diese eine einzige. Davon wurde die natürlich auch nicht schöner, sie war im Laufe der Jahre bucklig und uneben geworden, und der Reiter mußte genau aufpassen, wohin er trat, das Pferd natürlich auch.

(Gäbe es mehrere Wiesen, die man beispielsweise abwechselnd benützen könnte, käme es den Wiesen und den Pferdebeinen sehr zugute. Aber da ist keine Instanz im Himmel und auf Erden, die stille Gebete von Reiter und Pferd erhört. Anm. d. Verf.)

»Wir gehen nicht über die Wiese, wir bleiben auf dem Weg«, ordnete Herr Reinhardt an.

Denn am Rand der Wiese befand sich auch ein Reitweg.

Cornelia war erleichtert. So gern sie galoppierte, ein wenig bänglich war ihr doch zumute gewesen, wie sich Jella auf der

Wiese, die natürlich unbegrenzter war als ein Reitweg, verhalten würde.

Sie trabten wieder, nebeneinander, doch ungefähr in der Mitte des Weges kam das Kommando: »Jetzt bleib mal eine Weile hinter mir.«

Aha, sie mußten es beide lernen, Jella und Cornelia, sowohl vorn als auch hinten als auch nebeneinander zu gehen. Denn nachdem sie über die Brücke waren, die den nächsten Bach überquerte, hieß es: »Und nun reitest du voran. Ganz ruhigen Trab.«

Das ging ohne weiteres.

Nicht viel später trafen zwei Reitwege zusammen, und hier schlugen sie wieder die Richtung heimwärts ein. Im Schritt zunächst.

»Hör zu«, sagte Herr Reinhardt. »Nichts ist übler als ein Pferd, das auf dem Heimweg pullt. Wenn du stallwärts reitest, und das Pferd läuft dir unter dem Hintern weg, wirst du deines Lebens nicht froh. Man nennt das Stalldrang, das weißt du?«

»Ja.«

»Jedes normale Pferd hat ihn. Es hat Hunger, es will in seine Box, es fühlt sich dort geborgen. Nie und nimmer darfst du es durchgehen lassen. Von Anfang an nicht. Andererseits gibt es Reiter, die können kilometerlang nur im Schritt reiten, wenn sie auf dem Heimweg sind. Hier bei uns haben wir auch ein paar davon.« Herr Reinhardt machte ein grimmiges Gesicht, sprach sich aber nicht weiter aus. So erfuhr Cornelia leider nicht, um wen es sich wohl handeln mochte.

»Dabei wird das Pferd erst recht ungeduldig, das Ganze artet am Ende in einen Kampf zwischen Reiter und Pferd aus, und was hast du davon? Du kannst höchstens die Hälfte deines Ausrittes genießen, und nicht einmal das, weil du auf dem Weg hinaus schon Angst hast vor dem Weg zurück. Verstanden?«

So eine lange Rede hatte Cornelia von Herrn Reinhardt noch nie gehört. Sie merkte sich jedes Wort.

»Jella geht auf dem Heimweg sehr ordentlich, ein bißchen

schneller vielleicht, das werde ich ihr noch abgewöhnen. Es wird auf alle Fälle gut sein, wenn du sie heimwärts sehr ruhig reitest. Keinen Galopp vorerst. Schritt und Trab. Und immer kurze Strecken, dann das Tempo wechseln. Wird sie zu schnell, gleich durchparieren. Wird sie ungezogen, umkehren. Dann muß sie wieder ein Stück hinaus, und dann das gleiche Stück wieder heimwärts in ganz, ganz ruhigem Tempo.«

Gemeinsam mit Mongo war das kein Problem. Der war gehorsam, ging genau das Tempo, das sein Herr bestimmte, und Jella hielt sich dran. Auch sonst gab es keinen unangenehmen Zwischenfall, durch die Unterführung kamen sie ohne Hopser, und ein Radfahrer, der klingelnd und sehr nahe an ihnen vorbeifuhr, veranlaßte Jella nur, belästigt die Ohren vor- und zurückzustellen.

Ach, war Cornelia stolz! Wieder einmal war sie geneigt, zu sagen: Das ist der schönste Tag meines Lebens.

Sie hatte den ersten Ausritt auf Jella gemacht. Alles war großartig gelaufen, es hatte geklappt, sie konnte es, Jella war das herrlichste Pferd auf Erden.

Diese Ausritte mit Herrn Reinhardt wiederholten sich, manchmal waren noch zwei oder drei andere Reiter dabei, und Jella gewöhnte sich daran, an erster, zweiter, dritter oder vierter Stelle zu gehen, ohne Mätzchen zu machen. Obwohl sie am liebsten immer vorn gegangen wäre. Mußte sie hinter den anderen bleiben, war es immer nötig, sie mit Worten und Streicheln zu beruhigen.

Einmal fiel Cornelia beinahe runter, das war, als ein kleiner Bub in einem Busch am Rand des Reitweges herumkroch. Man konnte ihn vorher nicht sehen, doch die Büsche wackelten und raschelten, und da war plötzlich einer drin, wo sonst keiner drin war – Jella machte einen Riesensatz zur Seite, sie drehte sich geradezu in der Luft, und Cornelia kippte vornüber, das Gesicht auf Jellas Hals.

Herr Reinhardt blickte sie tadelnd an.

»Man muß immer damit rechnen, daß sich in einem Busch etwas befindet oder hinter einem Baum etwas hervorkommt. Dafür sollst du ja deine Knie dranhaben.«

»Aber ich bin ja nicht runtergefallen.«

»Viel hat nicht gefehlt.«

Das stimmte. Denn irgendwo gibt es einen Punkt, da ist die Anziehungskraft der Erde stärker als jeder noch so gute Knieschluß.

Diese Erfahrung sollte Cornelia in nicht zu ferner Zukunft machen.

Nach einigen Wochen nämlich erlaubte ihr Herr Reinhardt, das erstemal allein auszureiten. Die großen Ferien hatten inzwischen angefangen, und Cornelia konnte nun schon am Morgen in den Stall gehen, und immer hatte Herr Reinhardt ja auch nicht Zeit, sie zu begleiten. Cornelia fühlte sich aber nun sicher genug, sie kannte die Wege, Jella kannte sie und war auch einige Male mit Herrn Reinhardt allein draußen gewesen, damit sie sich daran gewöhnte, ohne Begleitpferd zu gehen. Manche Pferde fürchten sich nämlich, wenn sie sich allein in der großen weiten Welt befinden. Was verständlich ist, denn Pferde sind Herdentiere.

Cornelia kam an diesem Tag gegen neun Uhr in die Reitschule, die Sonne schien nicht, aber es war schwül, ganz windstill.

Herr Reinhardt hatte eine Anfängerstunde in der Bahn.

Cornelia stiefelte zu ihm hin.

»Darf ich heute mal allein?«

Er blickte sie eine Weile scharf an, schlug sich mit der Gerte an den Stiefelschaft.

»Ja«, entschied er dann.

Sie sattelte Jella selbst, Berti war beim Strohabladen. »Du wirst ganz brav sein, ja? Wir gehen ganz gemütlich spazieren, ganz ruhig«, so redete sie mit dem Pferd, während sie es fertigmachte.

»Was denn, wie denn?« rief Berti vom Strohwagen herunter, als er die beiden zur Brücke steuern sah.

Cornelia hob grüßend die Gerte an die Schläfe.

»Na, denn paß aber mal auf, du«, schrie Berti ihr noch nach.

Das tat Cornelia. Es war gar kein Problem. Es ging kinderleicht. Sie gingen Schritt, sie trabten, sie galoppierten, Jella ging ruhig und gleichmäßig, das artigste Pferd unter der Sonne.

Cornelia war wieder einmal über alle Maßen glücklich. Weich und federnd ging Jella unter ihr, sie schnaubte zufrieden vor sich hin, nur manchmal schüttelte sie ärgerlich den Kopf, wenn ihr die Fliegen oder gar die bösen Bremsen im Gesicht oder auf dem Hals klebten.

»Das ist scheußlich, ich weiß«, tröstete Cornelia sie und strich ihr mit der Hand oder mit der Gerte die Quälgeister vom Körper, soweit sie sie erreichen konnte.

»Das ist im Sommer so, weißt du. Aber heute ist es auch schrecklich schwül. Vielleicht gibt es ein Gewitter.«

Cornelia musterte besorgt den Himmel. Hoffentlich nicht, solange sie unterwegs war. Denn was Jella zu einem Gewitter sagen würde, war höchst fraglich. Aber es waren keine Wolken zu sehen, der Himmel war gleichmäßig hellgrau bedeckt.

Im Schritt waren die Fliegen am lästigsten. Wenn man Tempo ritt, wurden sie vertrieben.

Kein Grund zur Besorgnis, alles ging wunderbar. Sie ritten bis zum Ende des Englischen Gartens, gingen um das kleine Wäldchen herum, das es dort gab, gingen mal eben durch den Bach, was Jella immer gern tat, sie patschte vergnügt mit den Beinen im Wasser, daß es spritzte.

Heimwärts, wie gelernt, in ruhigem Tempo, mal Schritt, mal Trab. Jella ging keinen Schritt schneller, sie hatte gelernt, was man ihr beigebracht hatte; nach Hause rennen, das tat kein anständiges Pferd.

»Du bist so klug«, sagte Cornelia. »Du hast alles kapiert, nicht? Du bist überhaupt das klügste Pferd auf der Welt. Und wenn du immer machst, was ich dir sage, dann kann dir gar nichts passieren.«

Aber hatte Cornelia ihr auch gesagt, was sie machen sollte, wenn eine dicke große Bremse sie mitten in den Bauch stach? Das geschah, als sie gerade im Schritt über die Galoppwiese gingen. Im Schritt, wohlgemerkt!

Jella sprang mit allen vier Beinen in die Luft, keilte wütend aus und ab ging es.

Sie setzte sich in Galopp, kam sofort in Fahrt, schlicht und einfach – sie ging durch.

Cornelia packte die Zügel fester, legte die Knie an, schrie Jella an – es half nichts, Jella war sauer. Sie wollte nicht in den Bauch gestochen werden, und sie wollte nun endlich diese verdammten Fliegen loswerden. Daß das am besten gelang, wenn sie so schnell wie möglich lief, *das* hatte sie auch kapiert.

Quer über die Wiese, in voller Fahrt. Noch gelang es Cornelia, sich im Sattel zu halten. Doch am Ende der Wiese, wenn man wieder auf den Reitweg einbog, gab es einen Busch, und diese Kurve um den Busch, die Jella in verwegenem Tempo nahm, überstand Cornelia nicht. In vollem Schwung landete sie auf dem Boden. Und was das schlimmste war: Jella sauste weiter.

Cornelia sprang sofort auf, lief dem Pferd nach, schrie ihren Namen – vergebens. Jella rannte. Sie wollte heim. Sie hatte die große weite Welt satt bis obenhin.

Wehgetan hatte Cornelia sich nicht, gesehen hatte es auch keiner, denn bei dem trüben Wetter waren hier hinten keine Spaziergänger, aber was nun?

Wenn Jella allein nach Hause kam, erfuhr der ganze Stall, daß sie bei ihrem ersten Ausritt auf die Nase gefallen war. Herr Reinhardt würde sie bestimmt nie wieder allein ausreiten lassen. Ganz abgesehen davon, daß sie schreckliche Angst hatte, ob Jella heil nach Hause kam. Was konnte ihr unterwegs alles passieren!

Aber manchmal hat man Glück im Unglück. Zufällig befand sich auf der Strecke, die Jella in flottem Tempo, mit schlenkernden Bügeln und über den Kopf gerutschtem Zügel heimwärts galoppierte, Herr Lachner mit seinem Commander. Auch auf dem Heimweg.

Commander war ebenfalls verärgert wegen der Fliegen, er schlug mit Kopf und Schweif, und gerade als es Herrn Lachner gelang, mit gewaltigem Klatsch eine Riesenbremse zu erlegen, die auf Commanders Hals saß, hörte er hinter sich den Hufschlag eines Pferdes. Da es eine Zeitlang nicht geregnet hatte, war der Boden hart, und darum hörte man es, wenn ein Pferd angaloppiert kam.

Herr Lachner drehte sich im Sattel und sah ein Pferd ohne Reiter kommen. Ein goldrotes Pferd, so eine Farbe hatten sie nur einmal im Stall. Die Stute von der kleinen Jacobs. Herr Lachner handelte rasch. Er stellte seinen Commander quer auf den Reitweg und rief der anstürmenden Stute ein beruhigendes: »Ho! Ho! Ruhig, Jella!« zu.

Commander stand wie ein Fels in der Brandung. Nicht mit jedem Pferd hätte man das machen können, was Herr Lachner mit ihm machte, die meisten Pferde wären ihrerseits durchgegangen oder hätten irgendwie sonst verrückt gespielt, wenn ein reiterloses Pferd angerast kommt. Aber der Commander war ein sehr ruhiges Pferd, sehr besonnen, auch nicht mehr der Jüngste, ihn brachte nichts so schnell aus der Ruhe.

Kam dazu, daß er auch dunkel und groß war, im Typ ein wenig dem Mongo ähnlich, mit dem ja, wie wir wissen, Jella eine gewisse Freundschaft verband.

Kurz und gut, Jella bremste ihren Lauf, sie kam sich sowieso ein wenig einsam vor, und als sie neben Commander anlangte, konnte Herr Lachner ihren Zügel erwischen. Er gab ihr eine harte Parade, Jella stand.

»Na, du dumme Gans«, sagte Herr Lachner. »Bald wärst du dir sowieso in den Zügel getreten und dann wärst du hingeflogen. Wo ist denn dein Frauchen?«

Jella gab keine Antwort, machte ein bockiges Gesicht und war im Grunde froh, ein anderes Pferd, eine menschliche Stimme und eine Hand, die ihren Zügel hielt, wiederzuhaben.

Das alles passierte noch im hinteren Teil des Englischen Gartens, kurz vor der Unterführung, was ein glücklicher Umstand war, denn, wie schon berichtet, war die Welt hier relativ menschenleer.

Herr Lachner wendete seinen Commander, der darob unwillig seufzte, schlang sich Jellas Zügel fest um die Hand, und zurück ging es.

Auf dem langen gelben Reitweg kam ihnen Cornelia entgegen. Kleinlaut und tief ins Herz getroffen.

Es war nicht so schlimm, daß sie runtergefallen war. Aber daß Jella, die sie so liebte und verwöhnte, sie treulos im Stich ließ und weglief, das war schwer zu verwinden.

»Alles okay?« fragte Herr Lachner, als er bei ihr angelangt war.

Cornelia nickte. Ihre Lippen zitterten ein wenig, sie war blaß unter der Sonnenbräune.

»Hast du dir nichts getan?«

»Nein.«

»Wie ist es denn passiert?«

»Ich weiß auch nicht. Sie ist mir plötzlich durchgegangen. Auf der Galoppwiese.«

»Na ja, kann vorkommen. Los, sitz auf. Wir reiten zusammen nach Hause. Im Schritt.«

Cornelia sprach auf dem ganzen Heimweg kein Wort mit Jella. Die sollte ruhig merken, daß Cornelia beleidigt war. Aber Jella war ganz vergnügt. Frauchen war wieder da, ein großes schwarzes Pferd war an ihrer Seite, und jetzt ging es nach Hause, wo es auf alle Fälle weniger Fliegen gab.

Herr Lachner unterhielt währenddessen Cornelia mit seinen Stürzen.

»Wer nicht runterfliegen kann, ist kein richtiger Reiter«, sagte er. »Solange man sich keine Knochen bricht, macht es weiter nichts. Ich hab mir mal bei einer Jagd das Bein gebrochen. Das war eine blöde Geschichte, stell dir vor, das war damals so . . .«

Cornelia hörte zu, nickte, sagte: »Oh!« und war mit ihren Gedanken schon bei der Rückkehr in den Stall.

Kurz ehe sie dort einpassierten, fragte sie schüchtern: »Werden Sie – ich meine, Herr Reinhardt, der . . .«

Herr Lachner begriff sofort.

»Kein Wort. Ehrensache! Im Stall wird nicht über das gesprochen, was unterwegs passiert. Das bleibt unser Geheimnis.«

Also erfuhr im Stall keiner etwas von Cornelias erstem Sturz mit Jella. Zu Hause erzählte sie es erst drei Tage später, nachdem der erste Schreck überwunden war.

»Mein Gott, Kind«, sagte Sabine. »Was hätte dir alles passieren können.«

»Wer nicht runterfliegen kann, ist kein richtiger Reiter«, wurde sie von Cornelia belehrt.

Unerwünschte Ferienreise

Weil Jella das Allerwichtigste auf der Welt war, hatte Cornelia in diesem Sommer nicht die geringste Lust auf eine Ferienreise.

Ausnahmsweise wurde Jost energisch.

»Wenn wir schon eine Tochter haben, möchten wir auch, daß sie mit uns zusammen Ferien macht. Außerdem bin ich dagegen, daß du allein in der Wohnung bleibst.«

Cornelia war nicht dieser Meinung. Alleinsein stellte sie sich herrlich vor, und kein Urlaubsort der Welt war so verlockend wie die Möglichkeit, jeden Tag bei Jella zu sein. Und zwar von früh bis abends.

»Gerade jetzt, wo ich Ferien habe«, maulte sie, »und den ganzen Tag im Stall sein kann.«

»Gerade jetzt, wo du Ferien hast, ist die richtige Zeit für eine Reise. Und ich bin sowieso dagegen, daß du deine Tage nur im Stall verbringst. Du kannst doch auch mal schwimmen gehen. Oder mit uns irgendwohin fahren. Und deine Mutter ist dir vermutlich sehr dankbar, wenn du dich gelegentlich um den Kleinen kümmerst, damit sie sich auch mal etwas vornehmen kann. Es war nicht meine Vorstellung, als ich dir das Pferd schenkte, daß sich dein Leben nurmehr im Stall abspielt und daß dir außer dem Gaul nichts und niemand mehr etwas bedeutet.«

Das war für Jost allerhand vatermäßig gesprochen. Allein schon die Formulierung »deine Mutter« klang befremdlich. Solche Töne vermied er sonst.

Cornelia warf ihm einen schiefen Blick zu und schwieg bokkig.

Sabine kam ihr zu Hilfe. »Wenn sie aber doch nun in den Ferien mehr Zeit für Jella . . .«

»Es sind nicht die letzten Ferien ihres Lebens. Und dann

merkt euch eins: Kein Mensch kann sich immer nur *einer* Sache widmen, das gibt es nicht. So etwas nennt man Einseitigkeit, das ist schlecht für den Charakter und die Weiterentwicklung eines Menschen.«

Jost war direkt ärgerlich, so etwas kannten sie gar nicht an ihm.

Übrigens war dies nicht das erste Gespräch, das sich mit der diesjährigen Urlaubsreise befaßte. Begonnen hatten die Überlegungen schon im Mai, denn so wie die Dinge lagen, war das Reisen zur Zeit kompliziert.

Früher hatte Jost große Auslandsreisen unternommen, doch das kam nun, mit dem kleinen Kind, nicht in Frage. Im vergangenen Sommer war die Ferienreise ausgefallen, da Sabine ja bereits das Kind erwartete. In diesem Jahr war das Kind da, aber noch zu klein, um ihm eine weite strapaziöse Reise zuzumuten. Auch für die Mutter wäre es eine unnötige Belastung gewesen.

An diese Hindernisse im Leben eines Ehemannes und Vaters war Jost noch nicht so richtig gewöhnt, er fühlte sich in seiner Bewegungsfreiheit eingeschränkt, und das machte ihn ungeduldig. Sabine hatte ihm vorgeschlagen, er solle allein verreisen. Sie bleibe gern mit den Kindern daheim, und er solle sich auf die lange geplante Reise nach Schweden begeben.

»Es macht mir gar nichts aus. Wirklich, Jost. Für mich ist es zu Hause erholsamer, als mit dem Kind unterwegs zu sein.«

»Kommt nicht in Frage«, war seine Antwort gewesen. »Wenn wir schon Haus und Garten hätten, irgendwo draußen, dann könnte man es so machen. Aber du brauchst auch frische Luft und Sonne.«

»Die habe ich doch. Ich kann mit Sebastian im Englischen Garten spazierenfahren, auf der Bank sitzen, ist doch wunderbar.«

»Mir wird was einfallen«, hatte Jost das Gespräch beendet.

Und es war ihm etwas eingefallen. Um Einfälle war er ja nie verlegen.

Im Juni hatte er der Familie verkündet, daß man nach Kärnten fahren werde. Dort hatte er nämlich, wie sie nun erfuhren, auch eine ehemalige Liebe, noch aus unbeschwerten Junggesellentagen, die an den Gestaden des Wörthersees ein kleines Hotel besaß.

»Wirklich hübsch«, sagte Jost, »eine große Wiese, ein eigener Badestrand und erstklassige österreichische Küche. Darauf habe ich inzwischen mal wieder Appetit. Und das Annerl wird sich sehr freuen, mich wiederzusehen.«

»Na, weißt du«, sagte Sabine darauf leicht schockiert. »Du hast Ideen! Findest du es sehr geschmackvoll, wenn du deinen verflossenen Bräuten jetzt mit Weib und Kindern auf die Pelle rückst?«

»Hör zu, geliebtes Weib, das ist schon sehr lange her. Da hab ich noch studiert. Ich bin mal fast ohne Geld nach Österreich getrampt. Und dann bin ich dort gelandet. Wochenlang war ich dort, ich wurde verwöhnt von oben bis unten. Na, und da bin ich im Jahr darauf wieder hin. Und im nächsten Jahr noch mal.«

»Eine dauerhafte Liebe«, bemerkte Sabine spitz.

»Kann man wohl sagen. Nur mußt du bedenken, daß wir uns ja immer grad im Sommer ein paar Wochen sahen. Da kann eine Liebe leicht dauern. Es war jedenfalls immer sehr nett.«

»Und meinst du nicht, daß die Dame enttäuscht sein wird, wenn du jetzt als Familienvater angerückt kommst?«

»Ganz im Gegenteil. Sie wird das in Ordnung finden und wird sich narrisch freuen, daß es mich noch gibt. Irgendwelche karierten Gefühle brauchst du nicht zu befürchten. Erstens ist sie gut und gern zehn Jahre älter als ich und . . .«

»Sehr galant bist du gerade nicht.«

»Hast du recht. Also sagen wir zwei bis drei Jahre. Und zweitens ist sie mittlerweile längst verheiratet, glücklich, wie ich hoffe. Die Verlobung hab ich sogar mitgefeiert. Der Mann hatte nebenan ein Hotel. Mehr eine Pension, sagen wir mal. Dem war die Frau gestorben, und da war es naheliegend, daß die zwei zusammenkamen, nicht? Daraufhin konnten sie den Betrieb vergrößern, und vom Fach verstanden sie beide was. Das Annerl hatte ihr Hotel von den Eltern geerbt. Also keine Debatten mehr, wir fahren hin. Basta!«

Das war, wie gesagt, im Juni gewesen, und Jost hatte sogleich geschrieben und von dem Annerl postwendend Antwort erhalten. Sie sei hocherfreut, ihn und seine Familie bei sich begrüßen zu dürfen, schrieb sie, Zimmer seien hiermit schon reserviert, er brauche nur noch das genaue Ankunftsdatum mitzuteilen.

Daraufhin hatte Sabine keine Einwände mehr erhoben. Doch nun, nachdem alles so gut vorbereitet war und die Reise losgehen sollte, wollte Cornelia nicht mitfahren. Doch Jost blieb hart.

»Herr Reinhardt reitet die Jella großartig, da brauchst du dir keine Sorgen zu machen. Du kommst mit.«

Sie würden sowieso nicht sehr lange bleiben können, nur vierzehn Tage, denn Jost hatte einen großen Auftrag in Aussicht. In einem bayerischen Kurort sollte ein neues Kurhaus gebaut werden, ein Gästezentrum, wie sie es nannten, mit verschiedenen großen und kleinen Räumen für Veranstaltungen, einen Saal für das Kurkonzert, einer Bibliothek, einem Restaurant, einer großen Terrasse, einigen schicken kleinen Läden und was eben alles noch in so ein Gebäude hineingehört. Das Projekt war ausgeschrieben worden, und Jost hatte sich an dem Wettbewerb beteiligt, und wie es hieß, hatte er gute Chancen, den Auftrag zu bekommen.

Das war wichtig. Denn allenthalben stagnierte das Baugeschäft, in letzter Zeit waren die Aufträge knapp geworden. Die Zeiten waren nicht mehr so rosig. Die Hochkonjunktur schien vorbei zu sein.

Außerdem, so sagte Jost, würde dieser Bau ihm Spaß machen. Der Baubeginn war noch in diesem Jahr geplant, also würde es gut sein, wenn er sich dann in greifbarer Nähe hielt und zur Verfügung stand, wenn die Sache spruchreif sein würde.

Als Cornelia schließlich am Wörthersee angelangt und der erste Trennungsschmerz von Jella überwunden war, gefiel es ihr recht gut.

Es war genau so, wie Jost es geschildert hatte, zwei kleine Hotels, nebeneinander gelegen, der trennende Zaun war natürlich beseitigt worden, es war gemütlich eingerichtet, und sie bekamen zwei hübsche Zimmer mit Blick auf den See und großem Balkon. Und sie bekamen wirklich ausgezeichnet zu essen. Von dem Annerl, genau Frau Anna Schmelzl, wurden sie sehr liebevoll in Empfang genommen. Sie war eine vollbusige Dame in reiferen Jahren, und Sabine und Cornelia kicherten am Abend der Ankunft gemeinsam und richtig albern, als sie sich vorstellten, daß der Jost einmal . . .

»Na ja, ist lange her«, sagte Sabine zu ihrer Tochter. »Da war er ja wohl noch ein junger Bursch.«

»Es war die gute österreichische Küche, die ihn verführt hat«, meinte Cornelia respektlos.

Vor dem Haus befand sich ein Garten mit Tischen und Bänken, davor eine Wiese mit Liegestühlen, die bis zum See reichte, da gab es ein paar Badehütten und einen Steg in den See, von dem aus man gleich ins Wasser springen konnte. Das Wasser war warm, und Cornelia, die eine gute Schwimmerin war, kraulte jeden Tag mehrmals weit in den See hinaus. Das tat auch Jost, schon damit er den Millirahmstrudeln, den Germknödeln und den Zwetschgenbavesen der Annerl so richtig zusprechen konnte.

Sabine schwamm auch gern, nur nicht so weit. Sonst lag sie auf der Wiese, neben sich auf einer Decke den kleinen Sebastian, der vergnügt mit den Beinen strampelte, herumkrabbelte und sogar auf dieser ersten Ferienreise seines Lebens die ersten Schritte seines Lebens wagte.

Natürlich unternahmen sie auch einige Fahrten in die Umgebung, sie waren in Klagenfurt, einmal in Villach und am Ossiacher See, aber da überall auf den Straßen viel Verkehr herrschte und in den Orten sehr viel Menschen und Trubel, fanden sie es eigentlich auf der Schmelzl-Wiese und am Schmelzl-Strand am erholsamsten.

»Mal so richtig gammeln«, meinte Jost, »das tut gut. Die einzig richtige Art, heute Ferien zu machen.«

Man sah ihn meist nur in der Badehose oder in Jeans, er nahm in Windeseile zwei Kilo zu, was in dieser Aufmachung gut zu besichtigen war.

»Macht nichts. Wenn ich mit dem Bau anfange, ist das gleich wieder weg.«

Für Aufregung sorgte Sebastian, der eines Tages von einer Wespe gestochen wurde. Er schrie wie am Spieß, Jost mußte ihn und Sabine sofort zum Arzt fahren, aber der Kleine überstand dieses erste schmerzhafte Erlebnis seines Daseins ohne Schaden.

Als sie wieder in Richtung München fuhren, konnte Cornelia vor freudiger Erwartung kaum stillsitzen. Am liebsten wäre sie dem Auto vorangelaufen. Endlich würde sie Jella wiedersehen. Was die wohl sagen würde.

Josts Vorschlag, noch einen Tag in Salzburg zu verbringen, fand daher bei ihr keine Gegenliebe.

»Salzburg *muß* man einfach kennen«, sagte Jost.

»Aber wir kennen es«, erwiderten Sabine und Cornelia gleichzeitig.

Das stimmte. Sie waren auf ihren früheren Sommerreisen schon einige Male in Salzburg gewesen und hatten sich dort gründlich umgesehen.

Salzburg war voll von Touristen, und nachdem Jost in drei Hotels nachgefragt und erfahren hatte, daß alles besetzt war, verlor auch er die Lust.

»Wir werden im Spätherbst einmal herfahren«, kündete er an. »Denn *ich* muß euch Salzburg zeigen, damit ihr es richtig seht.«

»Ja, Geliebter«, sagte Sabine. »Du darfst mich sogar einmal zu den Festspielen einladen, das ist schon lange mein Traum.«

»Warum hast du das nie gesagt?«

»Wir sind ja nicht dazu gekommen.« Sie wies auf Sebastian, der hinten im Auto lag und schlief. »Ich war ja immerzu mit Kinderkriegen beschäftigt.«

Jost betrachtete sie forschend.

»Kriegst du etwa wieder eins?«

»Nicht, daß ich wüßte.«

Cornelia rief vorschnell: »O nein!«

Diesmal ruhte Josts Blick forschend auf ihr.

»Hättest du etwas dagegen, wenn wir noch ein Kind bekämen?«

Cornelia gab keine Antwort, doch in dem Blick, mit dem sie ihn ansah, lag etwas von der Abneigung, die sie anfangs gegen ihn empfunden hatte.

So begaben sie sich also auf die Autobahn nach München. Es war spät am Abend, als sie nach Hause kamen, zu spät, um noch in den Stall zu gehen.

Aber am nächsten Morgen radelte Cornelia in aller Frühe zur Reitschule.

Was immer sie erwartet hatte, das Wiedersehen mit Jella war ein bißchen enttäuschend. Jella sprang weder vor Freude in die Luft noch wieherte sie laut, sie sah Cornelia nur mit ihren großen sanften Augen an und ließ keinerlei Gemütsbewegung erkennen.

»Sie kennt mich nicht mehr«, sagte Cornelia traurig zu Berti.

»Schmarrn! Was soll sie denn machen? Ein Pferd ist doch kein Hund, daß es mit dem Schweif wedelt.«

Cornelia ging in die Box, legte beide Arme um Jellas Hals und ihre Wange an ihr Seidenfell.

»Jella! Hast du mich denn gar nicht vermißt?«

Jella senkte den Kopf zur Tasche der Reithose, wo sich erfahrungsgemäß der Zucker befand.

»Siehst du, wie sie dich wiedererkennt?« sagte Berti. »Sie weiß genau, wo der Zucker steckt.«

Cornelia suchte Herrn Reinhardt, aber der war ausgeritten. »Meinen Sie, daß ich ausreiten kann?« fragte sie Berti.

»Wart lieber, bis er kommt, und frag ihn. Die Jella ist heute noch nicht gegangen. Putzen muß ich sie auch erst. Ich wußte ja nicht, daß du in aller Herrgottsfrühe daherkommst.«

Jella wurde in die Stallgasse geholt zu ihrer Morgentoilette.

»Darf ich es machen?« fragte Cornelia.

»Du machst es nicht ordentlich.«

Was das Pferdeputzen betraf, war Berti genauso pingelig wie Herr Reinhardt, was das Reiten anging. Berti hatte da sein festes Programm, von den Ohrenspitzen bis zur Schweifspitze, von dem er nicht abwich und an das die Pferde gewöhnt waren.

»Ich mach das genau, wie Sie es haben wollen«, versprach Cornelia.

»Woll'n mal sehen.«

Berti nahm auf einer Sattelkiste Platz und verfolgte mit kritischen Blicken Cornelias Arbeit, gab Anweisungen, verteilte reichlich Tadel und sparsam Lob.

»Tja«, sagte er am Ende und ging mit prüfendem Blick um Jella herum, »so einfach ist das nicht, wie du dir das vorstellst. Hab ich noch bei meinem Vater gelernt, wie man ein Pferd ans-tändig putzt. Und so mach ich das. Und wer bei mir im S-tall ein Pferd putzen will, muß das man genauso machen.«

Es war sehr komisch, Berti, der nun schon seit jungen Jahren in Bayern lebte, stolperte für gewöhnlich gar nicht mehr über einen s-pitzen S-tein. Aber nun, da er von seinem Vater sprach, tat er es auf einmal.

Cornelia gefiel das.

Einen Vater vergaß man eben nicht. Sie bemühte sich ja auch immer, an ihren Vater zu denken. An ihren richtigen Vater. Aber das war gar nicht so einfach. Sechs war sie gewesen. Es gab ein paar Bilder. Es gab die Erinnerung, eine vage Erinnerung, an sein Gesicht. Seine Hände, die sie hochhoben. Seine Stimme, wenn er erzählte.

Seine Stimme? Konnte sie sich wirklich an seine Stimme erinnern?

Sie wurde überlagert durch Josts Stimme. Die war lauter, die war kräftiger. Und sie war da.

Und das Bild ihres Vaters wurde ausgelöscht von Josts Bild. Jost lebte. Ihr Vater war tot. Das machte alles aus. Das war der große Vorteil, den die Lebenden vor den Toten hatten. Ob es ihrer Mutter auch so ging? Ob Sabine ihren ersten Mann vergessen hatte, ob er auch nur noch ein Schattenbild, eine undeutliche Erinnerung war?

Das hätte Cornelia ihre Mutter gern einmal gefragt. Denn Sabine sprach nie von Walter Jacobs.

Aber so eine Frage war schwer auszusprechen.

Später einmal, dachte Cornelia, wenn ich älter bin, werde ich sie fragen. Da muß sie mir von ihm erzählen. Ich möchte wissen, wie er war.

Es war seltsam, Sabine sprach überhaupt nicht mehr von früher, auch nicht von ihrer Jugend. Jost schien ihr ganzes früheres Leben fortgenommen zu haben, so wie man ein Bild von der Wand nimmt, das man nicht mehr sehen will. Das hing natürlich mit Jost zusammen, mit seiner Persönlichkeit. Die war so stark, so beherrschend, daß sie alles verdrängte, was nicht ihn betraf.

Als Cornelia und Sabine noch allein waren, hatte Sabine oft von ihrer Kindheit erzählt und von ihrem Vater. Sie war ja schon ein großes Mädchen gewesen, als sie ihn das letztemal gesehen hatte, sie wußte noch sehr gut, wie er aussah. Sehr groß sei er gewesen, sagte sie, sehr dünn. Blaue Augen, blondes Haar.

»Er hat mir immer sehr gut gefallen. Er konnte mich so ansehen. So . . . so eindringlich.«

An ihre Mutter hatte Sabine gar keine Erinnerung. Sie wußte nur, daß sie nach Amerika gegangen war.

»Sie hat sich nie mehr um mich gekümmert.«

Es war keine Klage, kein Vorwurf, nur eine nüchterne Feststellung.

»Ich finde das gemein«, hatte Cornelia gesagt.

Sabine hatte leicht die Schultern gehoben.

»Nun ja, was weiß man. Die Zeit war damals sehr schwierig. Und sie haben sich wohl nicht mehr gemocht. So eine Kriegsehe. Ich weiß nicht einmal, ob er sie verlassen hat oder sie ihn. So komisch ist das mit meinen Eltern. Ich weiß gar nichts über sie. Nur eins weiß ich. Daß sie mich nicht gebraucht haben.« Und nach einem kleinen Schweigen fügte sie hinzu: »Und daß sie mich nicht geliebt haben.«

Und dann hatte sie ihre Arme um Cornelia gelegt und gesagt: »Wir werden uns nie trennen.«

Daran erinnerte sich Cornelia sehr genau. Sie war damals zehn Jahre alt gewesen. Sie war geliebt worden, von ihrer Mutter, von ihrem Vater. Aber ihr Vater war tot, und ihre Mutter – natürlich, die liebte sie auch noch heute. Aber da war Jost und der kleine Sebastian, die liebte Sabine auch.

So wie damals war es nicht mehr.

Von ihrem ersten Mann sprach Sabine nie.

Eines Tages werde ich sie fragen, das hatte Cornelia sich vorgenommen.

Jella kam wieder in ihre Box, ihr Fell glänzte wie Seide. Oder wie eine Speckschwarte, so drückte Berti es prosaisch aus. Die Hufe waren gefettet, der Schweif gebürstet, das Gesicht gewaschen, die Nasenlöcher gesäubert, die Ohren ausgeputzt.

»Das ganze Pferd muß wie neu sein«, sagte Berti abschließend.

Dann kam Herr Reinhardt zurück, sagte nur kurz: »Na, wieder da?« Ohne große Gemütsbewegung, genau wie Jella, und zehn Minuten später saß Cornelia im Sattel und bekam eine Reitstunde.

»Total verschlampt«, stellte Herr Reinhardt erbarmungslos fest. »Kaum mit anzusehen, wie du auf dem Pferd sitzt.«

Weitere dramatische Ereignisse

Der zweite Sturz ereignete sich an einem kühlen windigen Tag Anfang Oktober, fast war es schon stürmisch, die Wipfel bogen sich, die ersten Blätter tanzten in der Luft. Jella war sehr unruhig am Anfang, hätte sich aber gewiß beruhigt, wenn nicht auch die beiden anderen Pferde so nervös gewesen wären.

Herr Reinhardt saß auf einem wunderschönen blaugrauen Schimmel, der noch nicht lange im Stall stand und schwer zu reiten war, aufgeregt tänzelte er die Reitwege entlang, so daß sogar Herr Reinhardt Mühe hatte, mit ihm fertig zu werden.

Auf dem dritten Pferd saß eine Dame, eine Schauspielerin, die meistens mit Herrn Reinhardt ausritt, da sie sich allein nicht ins Gelände traute. Sie hatte sich in diesem Sommer einen rassigen, hoch im Blut stehenden Vollblüter gekauft, sehr schwer zu reiten, nervös bis zur Hysterie. Drei nervöse, unruhige Pferde auf einen Sitz, dazu das stürmische Wetter, das konnte nicht gutgehen. Herr Reinhardt bemühte sich, Ruhe zu verbreiten, was mit seinem Schimmel schwerfiel.

Zuerst stürzte die Schauspielerin von ihrem Vollblut, gleich hinter der Galoppwiese; ein in der Nähe herunterknackender Zweig hatte das Pferd so erschreckt, daß es stieg. Herrn Reinhardt gelang es zwar, die Zügel zu erwischen, aber die Reiterin lag schon unten.

Auf dem Heimweg mußte Cornelia dann zu Boden. Ein riesiger Hund, der bellend auf sie zustürzte, brachte alle drei Pferde zum Buckeln, Jella fabrizierte eine von ihren berühmten Luftsprungdrehungen, und Cornelia flog in großem Bogen aus dem Sattel.

Der dritte Sturz, er war der übelste, ereignete sich im November. Es war einige Tage kalt und unfreundlich gewesen, es hatte viel geregnet, der Boden war glitschig, doch an diesem Samstagmorgen sah es freundlicher aus, eine blasse Herbstsonne schien, kein Wind, und Cornelia wollte gern noch ausreiten, ehe der Winter kam.

Zunächst ging alles gut, Jella war sehr brav, sie ging ein flottes Tempo, aber Cornelia hatte sie gut in der Hand. Die Bäume waren kahl, die Wiesen braun vom Regen, die Herbstzeitlosen verblüht.

Schönes Reitwetter, genaugenommen. Doch auf dem Heimweg passierte es dann. Sie galoppierten an der Isar entlang, auf dem sogenannten Birkenweg, Cornelia geduckt über dem Hals des Pferdes, ihre Haare flogen im Wind, es war wieder einmal herrlich.

Diesmal war es ein schwarzer Rabe, der krächzend gleich neben Jella aus einem Busch aufflog. Jella machte einen großen Satz zur Seite, den aber Cornelia gut aussaß, ohne den Galopp zu unterbrechen. Doch war Jella bei dem Sprung vom Weg abgekommen in den matschigen Wiesenstreifen neben dem Reitweg, da rutschten ihr die Beine weg, sie stürzte hin. Sie sprang gleich wieder auf, und Cornelia, die zusammen mit Jella in den Dreck geflogen war, wurde von der aufspringenden Jella, das heißt von einem ihrer Hufe, in die Seite getroffen. Es war ein jäher, so heftiger Schmerz, daß ihr schwarz vor den Augen wurde.

Eine Weile stand sie benommen, Jella am Zügel, denn den Zügel hatte sie wunderbarerweise nicht verloren, und Jella machte auch keine Anstalten, sich loszureißen, sie war selbst sehr erschrocken.

Cornelia musterte den Boden.

»Baaz!« sagte sie. »Da sind wir reingeraten, Jellababy. Wegen dem blöden Raben. Hast du dir auch nichts getan?« Sie untersuchte die vier Beine des Pferdes, da schien alles in Ordnung zu sein, aber ihr tat es verdammt weh, wenn sie sich bückte.

Etwas mühsam kletterte sie wieder auf das Pferd, langsam ritten sie nach Hause.

Um es kurz zu machen: Cornelia hatte eine Rippe gebrochen, da, wo der Huf des Pferdes sie getroffen hatte.

Eine gebrochene Rippe ist nicht weiter schlimm, das heilt wieder, aber eine Zeitlang tut es schon weh, am meisten nachts, wenn man im Bett liegt. Husten, niesen oder lachen läßt man besser bleiben. Reiten auch.

»Mein Gott«, sagte Sabine wieder einmal. »Dieses wilde Pferd! Ich habe keine ruhige Minute mehr.«

»Sie ist nicht wild. Sie ist ausgerutscht.«

»Warum mußt du auch so rasen, wenn der Boden naß ist.«

»That's it«, gab Cornelia zu. »Ich bin schuld, sonst keiner.«

So ähnlich hatte sich auch Herr Reinhardt geäußert. Womit wir am Ende sind mit Cornelias Stürzen, es ereignete sich keiner mehr.

Bis die Rippe geheilt war, hatte der Winter Einzug gehalten, sie ritten nun wieder in der Bahn, was bedeutete, daß gearbeitet wurde.

Als der Tag sich jährte, an dem Jella zur Familie gekommen war, jener sagenhafte 5. April, waren die beiden, Jella und Cornelia, ein beachtenswertes Paar geworden, dem zuzusehen echte Freude bereitete. Sie durften beim Schülervergleichsturnier mitmachen und brachten es zu einem respektablen 5. Platz in der A-Dressur und einem immerhin noch akzeptablen 9. Platz im A-Springen. Somit zierten die ersten Schleifen Jellas Box.

Doch nun gab es ein wirkliches Unglück. Diesmal betraf es Jost.

Arme Sabine! Sorgenfreie Jahre waren ihr wenig beschert.

Jost hatte in den letzten Monaten sehr viel gearbeitet, man konnte auch sagen, er hatte sich mehr Arbeit aufgehalst, als er verkraften konnte.

Zunächst hatte es damit begonnen, daß er zwar den Auftrag für den Bau des Kurhauses bekommen hatte, aber er mußte mit einem zweiten Architekten zusammenarbeiten, einem am Kurort ansässigen; ein penetrant langweiliger Besserwisser, mit dem Jost schwer auskommen konnte. Der Kollege machte ihm das Leben nicht leicht, hatte immer andere Vorstellungen als Jost, es gab Auseinandersetzungen, Ärger, wodurch der Bau nicht gefördert wurde. Es kommt ja öfter vor, daß Kollegen sich nicht vertragen, und so etwas ist weder der Arbeit noch dem Seelenzustand bekömmlich.

Kam dazu, daß es ein von öffentlicher Hand veranstalteter Bau war, so daß immer noch einige beamtete Herren ihren Senf dazugaben. Kam obendrauf noch dazu, daß von einem Baubeginn im Herbst nicht die Rede sein konnte, die Planung wurde geändert und endlos diskutiert, und es wurde Winter. Jeder Mensch, der vom Bauen etwas versteht, weiß, daß der Winter keine gute Zeit zum Bauen ist.

Und noch eine Unannehmlichkeit erschwerte Jost das Leben, sein bester Mitarbeiter hatte gekündigt, er verließ die Firma zu Jahresbeginn.

Das war die eine Sache. Die andere Sache war, daß Jost einen zweiten Auftrag übernommen hatte, die Modernisierung und Erweiterung eines Fabrikgeländes im Osten der Stadt.

Erklärend muß man hinzufügen, daß Jost sich für Industriebauten eigentlich nie interessiert hatte und auch relativ wenig Erfahrung darin besaß. Warum er diesen Bau zusätzlich übernahm, muß daher kurz erklärt werden.

Geld.

Jost brauchte Geld. Einige Jahre lang hatte er sehr viel Geld verdient. Und sehr viel Geld ausgegeben. Jetzt waren die Zeiten der großen Konjunktur vorbei, man sprach von Rezession, was schlicht und einfach bedeutet: Die Geschäfte gingen nicht mehr so gut.

Und darum wurde auch nicht mehr viel gebaut.

Zudem hatte Jost große Steuerschulden, beziehungsweise er mußte große Steuernachzahlungen leisten, weil er zur Zeit seines hohen Einkommens in diesen Dingen ziemlich nachlässig gewesen war.

Vom Hausbau für die Familie war nicht mehr die Rede, obwohl ihm mehrmals gute Grundstücke angeboten wurden. Aber dafür hatte er jetzt kein Geld.

Er sprach zunächst zu Sabine nicht darüber, der Haushalt lief in gewohnt großzügiger Weise weiter, auch darf man nicht denken, daß Jost sich ernsthaft Sorgen machte. Das würde er schon wieder hinkriegen, davon war er sowieso überzeugt.

Dann kam sein Unfall.

Er ereignete sich bei dem zweiten Bau, der Fabrikerweiterung. Der Rohbau stand inzwischen, man hatte ihn in Windeseile hochgezogen. An einem Vormittag, es gab irgendwelche Kalamitäten in luftiger Höhe, stieg Jost selbst auf das Gerüst, um sich den fraglichen Fall aus der Nähe anzusehen. Wie so etwas passiert, weiß hinterher immer keiner zu sagen. Ein Fehltritt, eine unvorsichtige Bewegung, ein plötzlicher Schwächeanfall – kurz und gut, oder vielmehr kurz und schlecht, Jost stürzte vom Gerüst in die Tiefe.

Es war glücklicherweise nicht allzu hoch, nur vom ersten Stockwerk, aber es genügte zu einer Kopfverletzung mit schwerer Gehirnerschütterung, einer Beckenfraktur, einem gebrochenen Bein, Prellungen und Verstauchungen in jeder Menge.

Arme Sabine. Das muß wiederholt werden. Sie hatte bereits einen Mann durch Unfall verloren, und nun sah es so aus, als sei das Schicksal so einfallslos, ihr eine Wiederholung zuzumuten.

Eine Zeitlang lag Jost auf Leben und Tod in der Intensivstation. Besonders die Kopfverletzung erwies sich als schwerwiegend.

»Er war überarbeitet«, sagte Sabine zu Cornelia. »Diese zwei Großbauten, noch dazu jeder an einem anderen Ort, er ist ja aus dem Auto kaum mehr herausgekommen. Sag selbst, wir haben ihn fast nicht mehr zu sehen bekommen.«

Das stimmte. In den letzten Monaten, besonders seit im Frühjahr die Bautätigkeit voll eingesetzt hatte, war Jost sehr selten zu Hause gewesen. Und wenn, war er gehetzt, schlang hastig sein Essen herunter, reden konnte man kaum mit ihm.

Es dauerte vier Wochen, bis die Ärzte Sabine sagen konnten, daß er außer Lebensgefahr sei. Sie erfuhr auch, daß sein Gesamtzustand sehr schlecht war; ein schwankender Kreislauf, ein leichter Herzschaden, das zwang die Ärzte zu größter Vorsicht bei der Behandlung.

»An sich«, sagte der Professor in der Universitätsklinik zu Sabine, »tut es ihm ganz gut, wenn er eine Zeit aus dem Verkehr gezogen ist. Da können wir seine internen Schäden auch gleich reparieren. Ich weiß«, er lächelte entschuldigend, »das klingt frivol, gnädige Frau, aber ich weiß, wovon ich rede. Wenn Ihr Mann noch eine Weile so weitergemacht hätte, hätte man einen Infarkt befürchten müssen. Hat er viel geraucht?«

»Ja, sehr viel. Besonders in den letzten Monaten.«

»Und wenig geschlafen, wie? Ja, Freund Streß zeigt immer das gleiche Gesicht. Erfolg muß teuer bezahlt werden.«

Teuer bezahlt werden mußten auch Arzt und Klinik. Natürlich war Jost versichert, doch seine Krankheit, verbunden mit dem Verdienstausfall, verursachte erhebliche Kosten. Den Kurhausbau führte sein unbeliebter Kollege im Alleingang weiter und vollendete ihn schließlich auch allein. Der Fabrikbau wurde von Josts Firma weiter betrieben. Erst vier Monate nach dem Unfall konnte Jost aus dem Krankenhaus entlassen werden. Und da konnte er noch lange nicht arbeiten.

Sabine hatte sich in der Zwischenzeit notgedrungen mit der finanziellen Lage vertraut machen müssen. Jetzt kam es ihr zugute, daß sie viele Jahre berufstätig gewesen war, sie stand den Erfordernissen dieser schwierigen Zeit nicht ganz hilflos gegenüber.

Dem Finanzamt war es gleichgültig, ob einer einen Unfall hatte, Steuern müssen dennoch bezahlt werden. Mit Hilfe des Steuerberaters gelang es Sabine immerhin, eine Ratenzahlung zu vereinbaren.

Alles in allem eine schwierige Situation. Und schwierig war es auch, mit Jost auszukommen. Ein so aktiver Mensch wie er, voller Tatendrang und Lebensfreude, brachte die Geduld für ein langes Krankenlager nicht auf.

Er war down. Kaputt und verzweifelt. Seine Umgebung hatte es nicht leicht.

Darüber war er sich durchaus im klaren. Einmal nahm er Sabines Hand und legte sein Gesicht in ihre Handfläche. »Verzeih mir. Ich bin abscheulich, ich weiß. Du hast es schwer mit mir. Und ich wollte dir so ein großartiges Leben bieten.«

Sabine lächelte.

»Das hast du schon getan. Und das wirst du später wieder tun. Werde nur erst wieder richtig gesund.«

Das schlimmste war, daß er ständig von Kopfschmerzen geplagt wurde; das machte ihm das Arbeiten schwer, oft unmöglich, als er wieder anfing, sich mit seinen Bauplänen zu beschäftigen.

Er ging dann auf vier Wochen zu einer Kur in ein Sanatorium, kam ganz gut erholt und hoffnungserfüllt zurück.

»Jetzt kann es wieder losgehen«, sagte er zu Sabine.

Aber zunächst gab es nicht viel zu tun für ihn. Wie das so ist im freien Beruf, wenn ein Mensch nicht ständig voll im Einsatz ist, stagnieren die Geschäfte.

Mittlerweile hatten sie ernsthafte Geldsorgen. Sabine wußte es und versuchte zu sparen, wo sie konnte.

Das ärgerte Jost dann wieder, er sagte ungeduldig: »So schlecht geht es uns auch nicht.«

Jedoch auch er beschäftigte sich mit dem Gedanken, wo unnötige Kosten einzusparen waren.

Es war im Dezember, als er das erstemal zu Sabine sagte: »Wir müssen das Pferd verkaufen.«

Sabine schwieg dazu. Sie grub die Zähne in die Unterlippe. Sie wußte, daß er recht hatte. Das Pferd war ein Luxus, eine hohe und überflüssige Geldausgabe. Aber sie wußte nicht, wie man das Cornelia beibringen sollte.

Sabine arbeitete inzwischen halbtags im Büro mit, um eine Schreibkraft zu ersparen. Sie war nun auch sehr in Hetze, Sebastian war noch zu klein für den Kindergarten, und zu lange konnte sie ihn Frau Heymann auch nicht aufhalsen, die inzwischen ein zweites Kind bekommen hatte. Zudem war Sebastian jetzt in einem Alter, wo man ihn nicht aus den Augen lassen konnte.

Aber das Pferd! Die schöne heißgeliebte Jella.

Sie sprachen zunächst nicht wieder darüber, dann noch einmal genauso kurz, doch einige Tage später griff Jost das Thema wieder auf.

»Das ist unmöglich«, sagte Sabine.

Jost wurde wütend.

»Himmeldonnerwetter, sie ist groß genug, um das zu begreifen. Damals ging es, heute geht es nicht. Wer hat in ihrem Alter schon ein Pferd? Das ist sowieso Blödsinn, du hast es damals gleich gesagt.«

Sie hatte es gesagt. Aber das nützte nun auch nichts mehr. Cornelia hätte leben können, ohne Jella zu kennen. Aber Cornelia jetzt von Jella zu trennen, das war unvorstellbar. »Das ist unvorstellbar. Eine Katastrophe.«

»Übertreibe nicht so maßlos«, sagte Jost gereizt. »Eine Katastrophe war es vielleicht, was mit mir passiert ist. Unvorstellbar war es nicht, das hast du ja gesehen. Wenn ich tot gewesen wäre, hättet ihr den Gaul auch nicht behalten können. Geerbt, mein Kind, hättest du nämlich nicht viel. Weil nichts da ist zum Erben. Ich kann nur wieder Geld verdienen. Und das werde ich. Aber jetzt ist eben Flaute. Vielleicht liest du mal den Wirtschaftsteil der Zeitung. Wenn ich wieder Geld habe, wird sie wieder ein Pferd bekommen.«

»O nein«, sagte Sabine entschieden. »Ganz gewiß nicht. Ich würde es nie wieder dulden. Außerdem dreht es sich nicht darum, daß sie irgendein Pferd hat. Es geht allein um Jella.«

»Jella war auch mal irgendein Pferd.«

»Aber jetzt nicht mehr.«

»Zum Teufel«, schrie Jost unbeherrscht und sprang auf, »du wirst nicht verlangen, daß wir in eine Dachkammer ziehen, nur damit dein Fräulein Tochter ihren Gaul behält.« Er griff sich an den Kopf, Schmerzen wieder, und rannte aus dem Zimmer, kurz darauf verließ er die Wohnung.

So war er jetzt manchmal, die Krankheit hatte ihn verändert. Die Sorgen kamen dazu. Sabine ertrug es mit Geduld. Sie verstand ihn, sie wollte ihm helfen.

Aber ausgerechnet Jella!

Sabine hätte gern auf vieles verzichtet, nur damit Cornelia das Pferd behalten konnte, aber sie war sich darüber klar, daß sie kindisch reagierte. Es gab Dinge, die lebenswichtig waren, für sie alle, für seine Arbeit, für seine weiteren Erfolge.

Das Pferd war nur für Cornelia wichtig.

Von dem allen wußte Cornelia nichts. Sie hatte sich im Dezember am Weihnachtsturnier beteiligt und wieder recht gut abgeschnitten. Nach wie vor spielte Jella in ihrem Leben die Hauptrolle.

Ja, es sollte sich herausstellen, daß sie Jella mehr liebte als alles auf der Welt. Mehr als ihre Mutter, mehr als den kleinen Bruder, mehr als Jost sowieso.

Mehr als sich selbst, wie sich schließlich zeigte. Denn der Verlust von Jella brachte Cornelia an die Grenzen der Selbstzerstörung.

Was Sabine in einer harten Kindheit und Jugend lernen mußte, was ihr als Wiederholung vorgesetzt wurde, als sie ihren ersten Mann verlor, den zweiten Mann dann beinahe auch, nämlich daß das Leben Verzicht fordert und daß man so leicht verlieren kann, was man liebt und gern behalten hätte, diese Erfahrung hatte Cornelia noch nicht gemacht.

Es war eine Lektion, die zu lernen sie sich weigerte.

Verweigerung

Erst war es nur so hingeredet worden. Doch dann wurde es ernst. Cornelia war das Pferd genauso überraschend los, wie sie es bekommen hatte.

Anfang Februar sprach Sabine mit ihrer Tochter.

»Wir müssen Jella verkaufen.«

»Nein!«

Cornelia sagte es nicht laut. Leise. Das Blut wich aus ihrem Gesicht, ihre Augen wurden starr.

Es blieb das einzige, was sie sagte.

Nein.

Nein.

Sabine erklärte es ihr. Die Wirtschaftslage allgemein; die finanziellen Schwierigkeiten, die sie persönlich hatten, verursacht durch Josts lange Krankheit; die Steuern, die zu zahlen waren; Kosten, die lebensnotwendig waren; Kosten, die vermeidbar waren. Zu letzteren gehörte Jella.

»Nein«, sagte Cornelia.

Nichts als dieses Nein hörten sie von ihr. Ihr ganzes Leben wurde zu einer einzigen Verneinung. Sie war keinem Zuspruch, keinem Trost, keinem Argument zugänglich, zu keinem Gespräch bereit.

»Vielleicht kauft jemand Jella, der dich leiden mag. Und der dich gelegentlich reiten läßt, wenn er selbst keine Zeit hat. So wie damals Herr Lachner. Wir werden mit Herrn Mair darüber sprechen.« Soweit Sabines Versuch.

»Ich werde nie wieder reiten.«

Es war mit Cornelia nicht zu reden. Sie blickte ihre Mutter an wie eine Fremde. Wie eine Feindin.

Jost ging in die Reitschule, um die Angelegenheit mit Herrn

Mair zu besprechen. Der hatte Verständnis, auch einen besseren Vorschlag. Denn er wußte, wie Cornelia zumute war. Wußte, was man ihr zumutete.

Er sagte: »Natürlich würde ich hier einen Käufer für Jella finden. Nicht heute und morgen, aber sicher bald. Sie ist ja ein sehr schönes Pferd und leicht zu reiten. Nur bin ich der Meinung, es wird für Cornelia eine Quälerei sein mitanzusehen, wie ein anderer auf ihrem Pferd reitet.«

»Sie will sowieso nie mehr reiten, hat sie gesagt.«

Herr Mair winkte ab. »Warten Sie ab. Das Reiten bedeutet ihr zuviel, als daß sie darauf verzichten könnte. Und junge Menschen vergessen schnell.« Womit Herr Mair sich gründlich täuschen sollte, jedenfalls soweit es Cornelia betraf.

»Was schlagen Sie also vor?«

»Im vergangenen Herbst war ich wieder einmal in Campwort. Das ist das Gestüt, wo Jella geboren wurde und aufgewachsen ist. Sie haben mich da sehr ausführlich nach Jella gefragt, wie sie sich entwickelt hat und wie es ihr geht. Da sind die eigen da oben, sie wollen immer wissen, was aus ihren Pferden wird. Mein Vorschlag wäre es, wir bringen Jella in ihre Heimat zurück. Ich bin gern bereit, die Verhandlung zu übernehmen. Sie werden allerdings kein Geschäft machen bei dem Rückkauf, Herr Hartneck, möglicherweise müssen Sie sogar mit einem kleinen Verlust rechnen.«

»Ja«, meinte Jost, »verständlich. Damit muß man wohl rechnen. Aber ich finde Ihren Vorschlag gut. Dann wäre das Pferd weit genug entfernt, und Cornelia würde sich wohl schneller beruhigen.«

»Das denke ich auch. Nebenbei gesagt, ich habe noch so meine eigenen Gedanken in dieser Sache. Es wäre möglich, daß sie oben die Jella decken lassen. Sie ist jetzt in dem Alter, daß sie gut ihr erstes Fohlen haben könnte. Und so eine schöne Stute sollte unbedingt ein Fohlen haben. Das ist auch für sie selbst sehr bekömmlich. Kann also durchaus sein, daß wir doch einen annehmbaren Preis erzielen. Denn die Campworter sind sehr interessiert daran, ihre Zucht auf dem Höchststand zu halten. Sie haben da einen Prachtburschen von einem Hengst, also ein Bild von einem Pferd. Das wäre ein Mann für Jella!«

Jost gefiel das. Ihm wurde leichter ums Herz.

»Na, das finde ich fabelhaft. Warum soll sich Jella nicht mal verlieben, das müßte Cornelia doch auch einleuchten. Vielleicht können wir sie später wiederhaben. In zwei Jahren oder so. Das wird Cornelia trösten.«

Das tröstete Cornelia keineswegs.

Zwei Jahre. Das war so lang wie das ganze Leben. Ein Leben, das ihr nichts bedeutete, denn es war ein Leben ohne Jella.

Cornelia war unansprechbar, unvernünftig, ganz verloren an ihren Schmerz und ihre Verzweiflung.

Bereits im März reiste Jella nach Holstein, zurück in ihre Heimat. Denn wenn es schon sein mußte, dann je eher um so besser, darin waren sich alle einig. Nur nicht den Trennungsschmerz verlängern.

»Denk mal, wie schön sie es dort haben wird. Den ganzen Sommer über auf der Weide, zusammen mit anderen Pferden«, sagte Sabine. Aber sie hätte sich jedes Wort sparen können, sie sprach gegen eine Wand. Von dem Tag an, der Jella aus Cornelias Leben entfernte, hatte sich Cornelia aus dem Leben ihrer Familie entfernt. Auch Sabine fand keinen Zugang mehr zu ihr. Anfangs hatte es böse Szenen gegeben. Bittere Worte, haßerfüllte Blicke. Ströme von Tränen waren geflossen. Die ruhige, vernünftige Cornelia war nicht wiederzuerkennen.

»Ich hasse euch. Ich wünschte, ich brauchte nie wieder dieses Haus zu betreten.«

Sie sprach immer per ihr, klagte Sabine unerbittlich mit an. Obwohl es deutlich genug zu sehen war, wie sehr Sabine mit ihrer Tochter litt. All die Tränen, die Cornelia weinte, flossen in Sabines Herz.

Den finanziellen Engpaß, in dem sich die Familie befand, wollte Cornelia nicht zur Kenntnis nehmen. Beziehungsweise sah sie nicht ein, warum ausgerechnet Jella das Opfer sein sollte.

Man hätte ja das Auto verkaufen können, war ihr Einwand, was unsinnig war, denn Jost brauchte den Wagen beruflich. Man könnte eine kleinere Wohnung nehmen, die Putzfrau entbehren, die Sekretärin entlassen, die Mitarbeiter im Büro reduzieren – das waren ihre Vorschläge, einer sinnloser als der andere.

»Du bist restlos übergeschnappt«, sagte Jost wütend. »Es geht ja gerade darum, daß ich wieder mehr Aufträge bekomme und Geld verdiene. So wie du dir das vorstellst, wirst du nie mehr ein Pferd haben können.«

»Ich will kein Pferd«, schrie Cornelia. »Nie mehr. Und von dir schon gar nicht.«

Das hatte Jost von seiner Gutmütigkeit. Vor zwei Jahren, als er ihr das Pferd schenkte, wollte er nichts, als ihr eine Freude machen. Und jetzt erntete er ihren Haß dafür.

Der Höhepunkt war dann, als sie mit haßerfülltem Blick auf den kleinen Sebastian wies. »Was mußtet ihr denn auch ein Kind kriegen? Das war ganz und gar überflüssig. Der kostet schließlich auch eine Menge Geld.«

Da hob Jost die Hand gegen sie. Ehe er Cornelia schlagen konnte, fing Sabine seinen Arm auf.

Von diesem Tag an herrschte Schweigen zwischen Jost und Cornelia.

Und es war das Ende der ersten Phase von Cornelias Verzweiflung.

Die Zeit der Tränen, der Ausbrüche, der Beschimpfungen – die Zeit, in der sie sich auflehnte gegen das, was ihr geschehen war, war vorüber.

Es begann die zweite Phase: die totale Verweigerung. Und dies war fast noch schlimmer.

Cornelia lebte zwischen ihnen wie stumm, taub und blind.

Sie sah keinen an, sie sprach nicht, sie stellte keine Fragen und gab keine Antworten, sie nahm an nichts und niemand Anteil. Mußten aus irgendeinem Grund Worte gewechselt werden, geschah es von Cornelias Seite aus in eiskaltem Ton, höflich zwar, aber gänzlich desinteressiert. Sie blickte an jedem vorbei.

Sabine sagte: »Kind, laß uns einmal in Ruhe miteinander reden.«

»Wir haben nichts zu reden«, erwiderte Cornelia und verließ das Zimmer.

Sabine sagte: »Cornelia, so kann es doch nicht weitergehen.«

Cornelia erwiderte: »Ich weiß nicht, wovon du sprichst.«

Sabine sagte: »Cornelia, was habe ich dir denn getan? Mein ganzes Leben lang wollte ich immer nur das Beste für dich.«

»So?« fragte Cornelia spöttisch, wandte sich und ging.

So spielte sich das ab.

Für Sabine war es eine Marter. Sie hatte im vergangenen Jahr durch Josts Krankheit eine schwere und sorgenvolle Zeit mitgemacht. Dann kamen die finanziellen Schwierigkeiten. Und nun dies. Auch ihr Zusammenleben mit Jost litt begreiflicherweise unter den Spannungen, die die Familie quälten. Keine Scherze mehr, keine Zärtlichkeiten, kein gemeinsames Frühstück, Jost frühstückte jetzt immer in seinem Arbeitszimmer. Bei den gemeinsamen Mahlzeiten herrschte Schweigen am Tisch.

Dazu kam, daß Sabine ständig Angst um Cornelia hatte. Ob sie nicht am Ende etwas ganz Törichtes, Sinnloses tun würde. Wenn Cornelia von der Schule spät nach Hause kam, wenn sie am Nachmittag fortging, wenn sie am Abend nicht da war – immer hatte Sabine Angst, schaute ununterbrochen auf die Uhr, zitterte vor Nervosität. Denn Cornelia sagte nicht mehr, wohin sie ging. Sie ging einfach fort, manchmal stundenlang, und keiner wußte, wo sie war. Sabine wurde immer dünner, sie hatte keinen Appetit und konnte nicht essen. Nachts fand sie keinen Schlaf. Um ihren Mund erschienen zwei Falten, die früher dort nicht gewesen waren.

Konsequent war Cornelia auch, was das Reiten betraf. Seit Jella fort war, hatte sie den Stall nicht mehr betreten. Sie setzte keinen Fuß in den Englischen Garten, um ja keinem Pferd zu begegnen. Sie hatte sich weder von Herrn Mair, noch von Herrn Reinhardt, noch von Berti verabschiedet, keiner hatte von ihr ein Dankeswort vernommen.

Wenn Petra aus ihrer Klasse vom Reiten oder von Pferden etwas erzählte, ließ Cornelia sie stehen.

»Du spinnst echt«, sagte Petra. »Wer hat denn schon ein eigenes Pferd in unserem Alter? Nur ganz reiche Leute können sich sowas leisten. Oder vielleicht, wenn man auf dem Land lebt und einen Bauernhof hat oder sowas. Und außerdem bist du richtig blöd. Das sagt Herr Reinhardt auch. Komm doch wieder reiten.«

»Halt dein Maul, du dämliche Nuß.«

Das war Cornelias Antwort, und in so rüder Form redete sie jetzt oft. Das war früher nicht ihre Art gewesen. Und was schlimm war, auch auf die Schule dehnte Cornelia die totale Verweigerung aus.

Sie war immer eine gute, sogar eine sehr gute Schülerin gewesen. Jetzt schaltete sie ab. Man konnte es nicht anders nennen: Sie schaltete ihren Kopf ab wie eine elektrische Birne.

Am Unterricht nahm sie nicht teil, hörte gar nicht zu, las einen Krimi, malte auf einem Stück Papier herum, die Lehrer erhielten keine Antwort oder eine unwillige und falsche. Schularbeiten machte sie nicht. In den Aufgaben schrieb sie eine Fünf nach der anderen, wenn sie überhaupt etwas hinschrieb.

Es war kaum zu glauben, was ein Mensch in kurzer Zeit aus sich selbst machen konnte.

Ihre Lehrer waren verständlicherweise erstaunt, dann fassungslos, und genauso hilflos wie Sabine. Zunächst jedoch ertrugen sie es mit Geduld und einigem Verständnis. Nicht jeder, aber die meisten.

Denn sie wußten von dem Schicksalsschlag, der Cornelia getroffen hatte. Petra hatte es erzählt. Cornelia sprach nicht darüber.

Nicht jeder Lehrer konnte verstehen, warum der Verlust eines Pferdes einen Menschen so aus dem Gleichgewicht bringen konnte. Genaugenommen konnte es keiner verstehen, denn es befand sich kein Reiter unter ihnen. Der einzige, der früher mal Reitunterricht genommen hatte, war der Deutschlehrer. Weit hatte er es nicht gebracht, und nachdem er sich bei einem Sturz das Handgelenk gebrochen hatte, war er zu der Erkenntnis gekommen, daß man sicherer auf der Erde als auf einem Pferderücken durchs Leben kam. Worauf er das Reiten sein ließ.

Natürlich versuchten auch die Lehrer, mit Cornelia zu sprechen, nachdem sie merkten, daß es sich um keinen vorübergehenden Zustand handelte und daß sie sich immer tiefer verrannte.

Vor allem Frau Dr. Belling versuchte es immer wieder. Sie war Englischlehrerin, eine kluge und lebenserfahrene Dame, gut aussehend, mit Humor und Charme ausgestattet. Sie und Cornelia waren besonders gut miteinander ausgekommen.

»Cornelia, hast du nicht das Gefühl, daß du dich idiotisch benimmst«, das sagte Frau Dr. Belling eines Tages, ungefähr zwei Monate nach dem Verkauf des Pferdes. Man hätte meinen können, es sei nun genug Zeit vergangen, um Cornelia ein wenig von ihrem Schmerz zu heilen.

»Möchtest du nicht wieder normal werden? Was bezweckst du denn mit diesem Benehmen? Du bist doch ein Mensch, der logisch denken kann. Du willst deine Eltern strafen, für das, was sie dir angetan haben. Laß dir erklären, daß dies eine durchaus gängige psychologische Reaktion ist, das tun auch Erwachsene in ähnlich gelagerten Fällen. Nur kommt *nie* etwas dabei heraus. Man schafft damit widrige Dinge nicht aus der Welt. Zusätzlich willst du uns, deine Lehrer, strafen, die wir ja nun wirklich nichts dafür können. Oder hätten wir jeden Monat zusammenlegen sollen, um die Kosten für das Pferd aufzubringen? Letzten Endes strafst du nur dich selbst. Derjenige, der hier die Rechnung zu bezahlen hat, bist du. Du entziehst deiner Familie Liebe und Zuneigung und wirst daher auch eines Tages keine Liebe und Zuneigung mehr bekommen.«

»Phhh!« machte Cornelia, ohne die Lehrerin anzusehen.

»Darauf scheiße ich. Ich brauche von denen keine Liebe und Zuneigung.«

»Ich wäre dir dankbar, wenn du im Gespräch mit mir eine etwas kultiviertere Ausdrucksweise wählen würdest. Außerdem befindest du dich im Irrtum. Jeder Mensch braucht ein gewisses Maß an Liebe und Zuneigung. Sonst verhungert er seelisch.«

»Ich liebe sie auch nicht. Die sind mir so was von egal. Von mir aus können sie zum Mond fahren.«

»Gilt das auch für deine Mutter?«

»Genau. Für die am meisten. Was geht mich Herr Hartneck an? Das ist für mich ein fremder Mensch. Aber meine Mutter hat mich verraten.«

»Womit?«

Cornelia schwieg.

»Herr Hartneck, der fremde Mensch, hat dir das Pferd geschenkt, soviel ich weiß.«

»Das hätte er besser bleibenlassen.«

»Dieser Ansicht bin ich auch. Er hätte sich damit viel erspart. Nicht nur Geld. Aber er hat es getan, wie mir deine Mutter sagte, um dir eine Freude zu machen. So war das ja wohl?«

Cornelia schwieg.

»Es war ein sehr kostspieliges Geschenk. Ob es ein kluges Geschenk war, ist eine andere Frage. Er würde es gewiß nie wieder tun, glaube ich. Aber mal ganz sachlich gesehen, ohne auf Gefühle einzugehen, er konnte nichts dafür, daß er diesen schweren Unfall hatte und daß sich als Folge davon seine wirtschaftliche Lage verschlechtern würde, nicht? So etwas kann jedem Menschen passieren. Wie ich höre, geht es ihm auch heute gesundheitlich noch nicht wieder sehr gut. Sollte das nicht auch in deinen Überlegungen eine Rolle spielen? Falls du noch so etwas wie Überlegungen anstellst. Auf jeden Fall finde ich, könnte er bei einem fast erwachsenen Menschen, wie du es bist, ein wenig Verständnis erwarten. Und mehr noch, in meinen Augen hat er sich auch deine Dankbarkeit verdient.«

»Der?«

»Cornelia, du benimmst dich, als seist du sechs Jahre alt und nicht sechzehn.«

Es gab einige solcher Gespräche zwischen Cornelia und ihrer Lehrerin, doch sie konnten den Panzer nicht durchbrechen, den Cornelia um ihr Leben geschmiedet hatte. Die Lehrer verloren langsam die Geduld.

Der Direktor ließ sie eines Tages zu sich rufen.

»Fräulein Jacobs, ich muß Sie verwarnen. Wie ich von den Kollegen höre, sind Ihre Leistungen unter jedem vertretbaren Niveau. Hausaufgaben liefern Sie so gut wie keine mehr ab. Sie sind in letzter Zeit öfter unentschuldigt der Schule ferngeblieben. Man kann ein so großes Mädchen wie Sie nicht bestrafen wie ein kleines Kind. Ich sehe mich daher genötigt, Ihren Eltern Mitteilung von dem Stand der Dinge zu machen. Es sei denn, Sie versprechen mir hier und sofort, und das bindend, daß Sie wieder zu Ihrem normalen Benehmen zurückkehren wollen.«

»Ich will nicht.«

Dem Direktor blieb für einen Augenblick die Sprache weg. Er blickte das Mädchen an, das kalt und herausfordernd seinen Blick erwiderte.

Von dem Pferd sprach er nicht, obwohl er inzwischen von den Kollegen den Anlaß für Cornelias seltsame Verwandlung erfahren hatte. Er glaubte es zwar nicht ganz, es kam ihm unverständlich, unbegreiflich vor. Ein Pferd, du lieber Himmel!

»Und was erwarten Sie also von uns, von Ihren Lehrern?«

»Gar nichts. Mir ist alles egal.«

»Wollen Sie die Schule verlassen?«

»Jederzeit.«

Es war nicht mit ihr zu reden. Keinem gelang es.

Sie hatte wirklich in letzter Zeit öfter die Schule geschwänzt. Einfach so. Ohne Grund. Sie ging fort zur gewohnten Zeit, holte ihr Rad aus dem Keller und fuhr irgendwohin.

Nie in den Englischen Garten. Sie fuhr in Schwabing herum. Oder in die Stadt, in den dicksten Verkehr. Und sie fuhr wie eine Schlafwandlerin; nur ein gütiger Himmel und die Tatsache, daß ihr kein rücksichtsloser Autofahrer begegnete, bewahrten sie vor einem Unfall.

Manchmal fuhr sie so weit, wie sie konnte. Nach Schleißheim, ins Dachauer Moos, in unbekannte Gegenden, über kleine Dörfer, und sie kam dann vollkommen erschöpft nach Hause zurück, denn sie hatte meist den ganzen Tag nichts gegessen. Aber sie konnte dann wenigstens schlafen. Weinte sich nicht mehr in den Schlaf wie in den ersten Wochen nach Jellas Abreise.

Natürlich wußte sie, daß sie sich wie eine Irre benahm. Denn dumm war sie nicht. Mit aller Gewalt konnte sie nicht erreichen, dumm und stumpfsinnig zu werden. Sie wußte auch, daß Frau Dr. Belling recht hatte, wenn sie sagte, daß sie am meisten sich selbst schadete mit dieser Strafe, die sie der Familie zufügte.

Aber sie wollte sich schaden. Wenn sie schon unglücklich sein mußte, weil sie Jella verloren hatte, dann wollte sie es auch ganz und gar und für immer sein. Ihr Leben interessierte sie nicht mehr. Was aus ihr wurde, interessierte sie nicht mehr. Sie betrieb bewußt eine Art von Selbstzerstörung, an der sie eine boshafte Genugtuung fand.

Es befriedigte sie, daß ihre Lehrer sich von ihr abwandten, daß ihre Mitschülerinnen nur noch Spott und Achselzucken für sie hatten. Sollten sie doch. Sie brauchte keine Mutter, keine Freunde, keine Lehrer. Sie brauchte keinen mehr.

Wenn sie Jella nicht hatte, wollte sie auch die anderen nicht haben.

Sabine weinte, als sie einmal bei Frau Dr. Belling saß, um sich Rat zu holen.

Die Lehrerin gestand, daß auch sie ratlos sei.

»Ich habe gedacht, es wird vorübergehen. Aber nun weiß ich auch nicht mehr, was ich mit ihr machen soll. Meine Kollegen sind auch hilflos. Es führt einfach kein Weg zu ihr.«

»Ich kann auch nicht mit ihr reden«, sagte Sabine. »Sie ist ein ganz anderer Mensch geworden. Gibt es das denn, daß sich ein Mensch so verändern kann?«

Das erstemal sprach Frau Dr. Belling von der Konsultation

eines Psychologen. Es sei vielleicht eine Möglichkeit, meinte sie.

Das war kurz vor den großen Ferien.

Erstaunlicherweise wurde Cornelia versetzt. Die Lehrer hatten sich zuvor eingehend über den Fall beraten und waren zu dem Schluß gekommen, daß man versuchen sollte, Cornelia zu helfen. Wenn man sie jetzt zurückstufte, würde das möglicherweise alles noch schlimmer machen. Ihre früher überdurchschnittlich guten Leistungen waren ja nicht vergessen.

Vielleicht würde nach den Ferien alles besser sein. Diese letzte Chance wollte man ihr nicht verweigern. Von einer Urlaubsreise war in diesem Jahr nicht die Rede. Jost hatte seit neuestem einen großen Bau in Oberfranken, und er benützte die Gelegenheit, der trostlosen Atmosphäre zu Hause zu entfliehen. Er war selten da, nur manchmal am Wochenende, aber er war nervös, leicht erregbar, mußte mit Vorsicht behandelt werden. Er und Cornelia gingen sich aus dem Weg.

Trafen sie bei den Mahlzeiten zusammen, herrschte bei Tisch tiefes Schweigen. Nichts mehr von Josts Albernheiten, keine Scherze, kein fröhliches Geplauder.

Jella hatte das Familienleben der Hartnecks gründlich zerstört.

Der einzige, der munter darauf losplapperte, war der kleine Sebastian, der ein goldiger kleiner Bursche geworden war, die einzige Freude, die Sabine kannte.

Cornelia verschwendete keinen Blick an den kleinen Bruder. Sie übersah ihn völlig.

Während der Ferientage war Cornelia meist unterwegs. Man sah sie oft den ganzen Tag nicht. Sie ging in ein Schwimmbad, fuhr manchmal mit dem Rad bis zum Starnberger See, was eine beachtliche Strecke ist, sie schwamm in den See hinaus, bis sie nicht mehr konnte, und kam mit letzter Kraft zurück. Nur ein Schritt noch war es zur vollkommenen Aufgabe – denn sie dachte es oft genug: Es ist doch egal, ob ich wieder an Land komme.

An anderen Tagen trieb sie sich ziellos in Schwabing herum, ging ins Kino, saß in einer Eisdiele, gammelte. Sie legte nicht mehr den geringsten Wert auf ihr Aussehen, meist trug sie alte Jeans, ein T-Shirt, eine schmutzige Jacke. Sie fönte ihr Haar nicht mehr wie früher, es war ihr egal, wie sie aussah.

Trotzdem wurde sie hier und da angequatscht, gab unfreundliche Antworten oder auch gar keine, aber da ja in gewissen Kreisen junger Leute dieser widerborstige Ton in Mode war, machte das nicht viel aus.

Es gab noch viele, die sich so wie sie herumtrieben, vor den Straßencafés saßen, in den Eisdielen, vor den Kinos oder Diskotheken herumstanden. Es waren oft dieselben Typen, denen man begegnete.

»Mensch, du bist ja wohl eine unheimlich belämmerte Zicke«, sagte eines Tages einer zu ihr, dem sie schon mehrmals begegnet war, ein langer Blasser mit fettig herunterhängendem schwarzem Haar, »wenn man dich ansieht, gerinnt einem das Eis im Bauch zu Sauerkraut.«

»Dann sieh mich halt nicht an«, gab Cornelia zur Antwort. Es war in einer Eisdiele, sie saß schon hier seit einer Stunde, der Eisbecher war längst leer. Sie saß nur so da und starrte vor sich hin.

Zweifellos, und das soll hier nicht verschwiegen werden, hatte Cornelia inzwischen aus ihrem Leid eine Masche gemacht.

Es war schon gar nicht mehr Jella, um die sie trauerte. Sie trauerte als Selbstzweck.

»Wer hat dir denn die Butter vom Brot geklaut?« wollte der Jüngling wissen.

»Geht dich 'n Dreck an.«

Er setzte sich zu ihr an den kleinen Tisch.

»Haste auch wieder recht, du Schätzchen, du sonniges. Man fragt ja bloß mal so, als Mitmensch. Willste noch 'n Eis?«

»Wenn ich eins will, kann ich es mir selbst bestellen.«

»Bitte, bitte, wie du willst, du Sargnagel.«

Der junge Mann verputzte in Windeseile sein Eis, sie sprachen nicht mehr miteinander. Cornelia starrte an ihm vorbei, hinaus auf die Leopoldstraße. Es regnete, in der Nacht zuvor hatte es ein Gewitter gegeben.

»Willste heute abend mit mir beaten gehn?«

»Ich mit dir?«

»Ja, denk mal, du mit mir. Bei Jimmy machense ne Beatwoche. Irre Töne. Wir sind da eine ganz dufte Clique. Ich nehm dich glatt mit.«

»Du bist 'n edler Mensch. Hab ich dir gleich angesehen. Bloß mach ich mir nichts aus Beat.«

»Aus was machst du dir denn was?«

»Aus gar nichts.«

»Genauso siehst du aus. Ich hab schon hübschere Mädchen gesehen.«

»Das freut mich für dich.«

So ging es noch eine Weile weiter. Cornelia wunderte sich, daß sie mit dem ungepflegten Kerl überhaupt sprach. Aber sie sprach so selten mit jemand, ihre eigene Stimme kam ihr ganz fremd vor.

Das ist der richtige Umgang jetzt für mich, dachte sie. Früher war es so etwas Schönes wie Jella. Und jetzt so etwas Mieses wie diese Type. So ist es eben jetzt.

»Ich heiße Polly«, vertraute ihr der Knabe noch an, als er aufstand.

»Soll das 'n Name sein?«

»Eigentlich Paul. Aber sie nennen mich eben Polly. Also, wie ist es? Kommst du heute abend?«

»Falls mir besonders mies sein sollte.«

Er beschrieb ihr den Weg zu der Diskothek, dann sagte er: »Tschüs«, und verschwand.

Sie ging an diesem Abend nicht hin, aber am nächsten. Bloß mal so. Bloß um nicht zu Hause sein zu müssen. Allein in ihrem Zimmer, denn zu Sabine setzte sie sich nie mehr am Abend. Auch nicht mit ihr gemeinsam zum Fernsehen.

Die Diskothek war ein kleiner vollgestopfter Raum, ein billiger Laden, dunkel, erfüllt von Höllenlärm.

Aber dieser Polly entdeckte sie und brachte sie zu denen, die er seine Clique nannte. Sie sahen alle gleich aus, fand Cornelia, unnötig, sich diese Gesichter näher anzusehen. Sie tanzte ein paarmal mit Polly, trank eine Cola und verschwand dann wieder, ohne große Umstände, so wie sie gekommen war.

Sie ging noch einigemale hin, ohne daß es ihr Spaß machte, nur um Sabine zu ärgern, die sie fragte, wo sie denn hinginge, und die sie bat, sie solle nicht so spät heimkommen.

»Ist doch egal«, gab Cornelia pampig zur Antwort.

Polly wollte sie küssen und an ihr herumknutschen, sie trat ihm auf den Fuß.

»Du bist kalt wie ne Hundeschnauze«, stellte er fest. Dann verlor er das Interesse an ihr.

Der konnte ihr bestimmt nicht helfen.

Der Fremde

An einem sehr warmen Tag im August hatte sie schon am Morgen das Haus verlassen, war in ein Schwimmbad gegangen, hatte dort den ganzen Tag herumgelegen, zwei Krimis ausgelesen, ein paarmal gebadet.

Gegen Abend kam sie heim. Das heißt, sie kam nur bis in den Keller, stellte das Rad dort ab und blieb unschlüssig stehen. Sie hatte keine Lust, hinaufzugehen in die Wohnung. Eigentlich hatte sie Hunger, sie hatte nur ein Paar Würstchen gegessen, viel Geld hatte sie nicht dabeigehabt. Für ein Eis würde es gerade noch reichen.

Sie ging wieder fort, schlenderte langsam zur Leopoldstraße, die randvoll war von flanierenden Leuten. Wie immer an warmen Tagen fand hier eine Art Corso statt, in beiden Richtungen bewegte sich der Menschenstrom, viel junge Leute, meist paarweise, lachend, flirtend, unbeschwert. Alle Vorgartencafés waren dicht besetzt, und so blieb es auch, als es dunkel wurde.

Cornelia war hundemüde, aber nach Hause gehen wollte sie immer noch nicht. Es war Freitag abend, vielleicht war Jost nach Hause gekommen.

Schließlich setzte sie sich auf die Stufen einer Haustür, die etwas von der Straße zurücklag. Da blieb sie sitzen, sah dem Treiben zu, sah es gleichzeitig nicht. Sie war am Ende. Sie kannte sich selbst nicht mehr. Es gab keinen Weg voran und keinen Weg zurück. Da war nichts und niemand, der zu ihr gehörte, nichts und niemand, der es wert war, daß sie noch lebte. Sie fühlte sich schwach und elend, hatte nicht mehr die Kraft aufzustehen.

Es ging nicht mehr weiter.

Jella, o Jella!

Sie legte das Gesicht auf die hochgezogenen Knie und weinte.

Geweint hatte sie lange nicht mehr. So kalt war es um sie geworden, daß sie nicht einmal mehr Tränen hatte. Es war auch jetzt kein befreiendes Weinen, es waren Tränen der Verzweiflung, der Ausweglosigkeit.

Nur eins wurde ihr klar, als sie hier saß, Stunden um Stunden: Ich gehe nicht mehr nach Hause. Ich gehe fort. Ich verschwinde einfach.

Das war das einzige, was ihr übrigblieb.

Sie dachte nicht darüber nach, wohin und warum. Sie war nur zu der Erkenntnis gekommen, daß sie nie mehr den Weg nach Hause finden würde. Und sie würde nie mehr von diesem Platz aufstehen können.

Es war ihr schwindlig vor Müdigkeit und Hunger und Durst. Und sie war krank vor Kummer.

Plötzlich spürte sie eine Hand auf ihrer Schulter. Eine Stimme sagte: »Fehlt Ihnen etwas? Kann ich Ihnen helfen?«

Langsam hob sie den Kopf. Sah über sich das Gesicht eines Mannes, undeutlich, kaum zu erkennen, in ihrer dunklen Ecke.

Sie schüttelte die Hand von ihrer Schulter.

»Lassen Sie mich in Ruhe!«

Doch der Fremde blieb vor ihr stehen.

»Ich bin schon dreimal hier vorbeigekommen. Man sieht Sie ja kaum in diesem dunklen Winkel. Was ist los mit Ihnen?«

»Das geht Sie gar nichts an.«

»Sicher. Andererseits –«

Der Mann setzte sich neben sie auf die Stufe, schlang auch die Arme um die Knie, sah sie nicht an, blickte auf die Straße hinaus.

Es mußte schon spät sein, die Straße war leerer geworden, die flanierenden Paare weniger.

»Wissen Sie, das ist so eine von den komplizierten Fragen des Daseins. Geht es einen etwas an, wenn einer unglücklich ist oder geht es einen nichts an? Man soll sich nicht in anderer Leute Angelegenheiten mischen, das ist ein solider und vernünftiger Grundsatz. Bequem auch. Aber ist es menschlich? Ist es christlich?«

Cornelia stieß ein kurzes höhnisches Lachen durch die Nase.

»Sind Sie vielleicht 'n Pfarrer?«

»Ich nicht. Aber mein Vater. Echt wahr. Da hört man natürlich mal solche Worte, auch wenn sie heutzutage nicht mehr Mode sind. Nehmen wir also getrost an, es treibt mich nicht die Neugier, sondern die christliche Nächstenliebe, daß ich Sie hier einfach anquatsche. Ich werde Ihnen erzählen, wie das ging. Vor einer Stunde etwa bin ich mit einem Mädchen hier vorbeigegangen. Wir haben da ein Stück weiter unten in einem Lokal gesessen, im Vorgarten, ist ja wirklich ein geradezu südlicher Abend heute. Dann kamen wir also hier vorbei, und da sagte Sonja, so heißt das Mädchen: ›Sieh mal, da hat einer eine abgelegt.‹ Dabei zeigte sie auf Sie. Ich hätte Sie gar nicht gesehen, aber Frauen haben ja einen schärferen Blick für so was. Es kam mir vor, als ob Sie weinten. Also kurz und gut, ich brachte Sonja nach Hause, sie wohnt nicht weit von hier, und dann kam ich auf dem Rückweg wieder hier längs. Und da saßen Sie immer noch. Ich war dann schon fast zu Hause, da bin ich noch mal umgekehrt. Und nun sitzen Sie doch wirklich und wahrhaftig immer noch auf demselben Fleck. Wissen Sie eigentlich, wie spät es ist?«

Cornelia gab keine Antwort.

Er fragte naiv: »Haben Sie Liebeskummer?«

»Wie kommen Sie denn auf so einen Schwachsinn?«

»Na ja, sowas soll's ja geben.«

Cornelia wollte aufstehen und weggehen. Aber sie fühlte sich so schwach und elend. Und sie wußte gar nicht, wohin sie gehen sollte. Nicht mehr nach Hause, das stand fest. Aber wohin?

Und dann sprach sie einen Satz aus, von dem sie nicht wußte, wie er ihr über die Lippen kam.

»Ich möchte am liebsten sterben.«

Neben ihr blieb es eine Weile still, dann sagte der fremde Mann gelassen: »Das müssen Sie sowieso. Das müssen wir alle. Aber es muß ja nicht gleich sein.«

»Können Sie mich nicht in Ruhe lassen?« fragte Cornelia wütend.

»Nö, kann ich nicht. Jetzt schon gar nicht. Nach dem, was Sie eben gesagt haben. Vielleicht ist es Ihnen ernst, und ich lese morgen in der Zeitung, daß man ein Mädchen aus der Isar gefischt hat. Na, was glauben Sie wohl, wie ich mich da fühle. Das können Sie mir nicht zumuten. Was ist denn nun wirklich mit Ihnen los?«

»Das geht Sie einen Dreck an.«

»So was Ähnliches sagten Sie schon. Ich gebe Ihnen ja recht, wenn Sie partout wollen. Aber ich frage mich, was ein hübsches junges Mädchen so zur Verzweiflung bringen kann, daß es nicht mehr leben will.«

»Sie können ja gar nicht sehen, wie ich aussehe.«

»Das stimmt. Nur ganz undeutlich. Aber daß Sie keine von diesen Miezen sind, die hier so durch die Gegend streifen, das sehe ich schon. Liebeskummer ist es also nicht. Ich weiß, das ist ein blödsinniger Ausdruck, klingt so nach vorigem Jahrhundert. Ich bin auch nicht mehr der Jüngste, wissen Sie. Wie nennt man denn so was heute? Sagen wir mal, wenn Ihr Freund mit einer anderen abgehauen ist, wie hört sich das an im Slang der heutigen Jugend?«

Seine Stimme klang sympathisch, er sprach in ruhigem, freundlichem Ton. Und war keiner von hier, das hörte man. Cornelia blickte ihn von der Seite an.

»So alt sind Sie doch gar nicht.«

»Danke. Ich bin sechsundzwanzig. Das ist für junge Mädchen Ihres Alters schon ziemlich betagt, nicht? Ich schätze Sie so um siebzehn, achtzehn herum.«

»Sechzehn.«

»Aha. Sehen Sie, da könnten Sie fast meine Tochter sein. Nur finde ich, sollten Sie dann nicht mitten in der Nacht hier allein herumsitzen.« Er blickte auf seine Uhr. »Es ist fast ein Uhr. Bei Ihnen zu Hause – ich meine, haben Sie denn keine Eltern oder so was? Also, wenn Sie meine Tochter wären, ich würde das nicht dulden.«

»Ich gehe sowieso nicht mehr nach Hause.«

Das klang nun tragisch und unecht, Cornelia hörte es selbst. Richtig albern klang es. Sie ärgerte sich, daß sie das gesagt hatte.

»Nun sagen Sie bloß noch, Sie sind durchgebrannt. Gibt's denn so was auch noch? Das ist ja wirklich voriges Jahrhundert. Sie haben also Krach zu Hause. Irgend so eine Generationenkeilerei. Auch nicht sehr originell.«

»Hören Sie mal, ich verbitte mir . . .« begann Cornelia, ihre Stimme wurde laut.

»Pst! Nicht so laut. Sonst fallen wir noch auf, und die Polizei sammelt uns ein. Zumindest mich als Belästiger junger Mädchen. Übrigens, was ich sagen wollte, Sie sitzen ja nun schon länger hier und sind vielleicht daran gewöhnt, aber ich finde es kühl auf diesen Stufen. Ist Ihnen nicht kalt achtern herum?«

»Sie müssen ja nicht hier sitzen.«

»Sie sagen es.«

Er sprang mit einem Satz auf, und ehe sie es sich versah, hatte er sie an beiden Armen gepackt und mit einem Ruck hochgezogen.

»Sie auch nicht mehr. Was immer Ihr Problem ist, Sie werden es auf diesen Stufen nicht lösen. Hoppla!«

Cornelia taumelte, sie war steif vom langen Sitzen in der unbequemen Stellung, und kalt war ihr auch. Achtern herum, wie er es genannt hatte.

Er hielt sie eine Weile fest, und sie lehnte sich für einen kurzen Augenblick an ihn, weil ihr schwindlig wurde.

»Sind Sie etwa krank?«

»Quatsch.« Cornelia machte sich unwirsch frei. »Mir fehlt gar nichts.«

»Das hört sich schon besser an. Passen Sie auf, Sie Häufchen

Unglück, wir gehn jetzt mal hier so ein Stückchen längs, und vielleicht finden wir noch eine Kneipe, wo sie uns noch ein Bier verkaufen.«

»Ich will kein Bier.«

»Dann eben eine Limo oder einen Kaffee oder was immer Sie wollen. Ich betrachte mich jetzt als Ihren Lebensretter, verderben Sie mir nicht das Konzept.«

Nun hätte Cornelia sich ja umdrehn und weggehen können. Sie wußte selbst nicht, warum sie neben dem Fremden herging, langsam, die Straße entlang, auf der nur noch wenige späte Bummler schlenderten. Hatte sie auf einmal das Bedürfnis, mit einem Menschen zu sprechen? War es ihr endlich zu einsam geworden in ihrer selbstgewählten Verbannung?

Ihr Begleiter schien sich in Schwabing gut auszukennen. Er bog kurz darauf um eine Ecke, in eine der Seitenstraßen, und steuerte auf ein Lokal zu.

»Das ist eine grundsolide Kneipe, da können Sie ruhig mit mir hingehen. Ich kenne mich nicht so aus mit dem Jugendschutzgesetz und so. Dürfen Sie denn überhaupt jetzt noch unterwegs sein und ein Lokal besuchen?«

»Es ist Ihre Idee, wohin zu gehen, nicht meine.«

»Eben. Ich werde sagen, Sie sind meine kleine Schwester.«

Er blieb vor dem Eingang stehen und sah sie an.

»Hab ich mir sowieso immer gewünscht, eine kleine Schwester. Ich hab zwei Brüder, ist auch nichts gegen zu sagen. Aber eine kleine Schwester, das muß etwas Wunderbares sein.«

»Kommt wohl auf die Schwester an.«

»Sicher. Ich sehe schon, Sie sind ein kluges Mädchen.«

Er öffnete die Tür, und Cornelia ging wirklich mit ihm hinein. Es war eine einfache Wirtschaft, blanke Holztische, von denen noch drei besetzt waren.

Als sie in einer Nische Platz genommen hatten, kam ein dicker Mann an ihren Tisch, offenbar der Wirt selbst.

»Grüß Gott, Herr Doktor«, sagte er. »Wir schließen aber bald.«

»Das dachte ich mir. Können wir trotzdem noch was zu trinken haben?«

»Was möchten 'S denn?«

»Für mich ein Bier. Und du?«

Cornelia hob die Schultern.

»Auch was zu trinken.«

»Ein Spezi?«

Sie nickte.

Als der Wirt sich entfernt hatte, musterte der fremde Mann sie sehr genau. Cornelia merkte es, obwohl sie vor sich auf die Tischplatte blickte.

»Schau mich mal an!«

»Warum duzen Sie mich?«

»Weil man normalerweise seine Schwester duzt. Im Ernst, könnten Sie sich mal für eine Weile vorstellen, Sie wären wirklich meine kleine Schwester? Und Sie hätten Vertrauen zu mir? Und Sie würden ganz gern mal über das reden, was Sie bedrückt. Weil – es ist nämlich so, jeder Mensch redet gern über das, was ihn bedrückt. Jetzt bist du meine kleine Schwester, ich bin der große Bruder. Morgen hast du mich vergessen, du brauchst dich auch nicht zu genieren, denn du kennst mich ja nicht und siehst mich nie wieder. Aber du hast mal geredet, und das war vielleicht wichtig. Hm? Habe ich mich klar ausgedrückt?«

»Sehr klar.«

»Es ist genau so, wie ich es mir gedacht habe, du bist ein hübsches Mädchen.«

Plötzlich kam Cornelia zu Bewußtsein, daß sie kein erhebender Anblick sein konnte. Schlampig angezogen, wie immer in letzter Zeit, ihr Haar war ungepflegt, es war gewachsen und hing ihr strähnig auf die Schultern. Sie war kein bißchen zurechtgemacht, und geweint hatte sie auch.

»Ich muß schrecklich aussehen«, sagte sie.

Er lächelte.

»Siehst du, Schwesterchen, das war jetzt eine ganz normale Reaktion. Wenn ein Mädchen erst einmal darüber nachdenkt, wie es wohl aussieht, geht es ihm viel besser. Ich kann mir vorstellen, daß du viel hübscher bist, wenn du keinen Kummer hast.«

Cornelia konnte jetzt auch sehen, wie *er* aussah. Daß er größer war als sie, hatte sie auf der Straße schon bemerkt.

Er war schlank, wirkte aber doch kräftig und standfest, er hatte hellbraunes widerspenstiges Haar, graue Augen in einem sonnengebräunten ausdrucksvollen Gesicht. Er wirkte sehr erwachsen, sehr männlich. Eigentlich sah er älter aus als sechsundzwanzig.

Der Wirt brachte die Getränke, und Cornelia leerte ihr Glas mit großen Schlucken bis zur Hälfte.

Er sah es mit Befriedigung.

»Du hast Durst gehabt, kleine Schwester, nicht? Das kommt vom langen Sitzen. Serviert worden ist dir wohl nichts in deinem Winkel da. Übrigens, ich heiße Christoph. Du mußt ja schließlich wissen, wie dein Bruder heißt.« Er blickte sie fragend an, und als nichts kam, fügte er hinzu: »Ein halbwegs gebildeter Mensch sollte auch wissen, wie seine Schwester heißt.«

»Cornelia.«

»Aha. Also Cornelia, gehen wir der Sache mal auf den Grund. Keinen Ärger mit einem Freund also. Ärger mit der Schule? Mit den Eltern? Mit einem Beruf? Mit der ganzen Welt?«

»Sie sind sehr hartnäckig.«

»Bin ich. Also noch mal von vorn: Freund?«

»Ich habe keinen Freund. Ich hab auch keinen gehabt.«

»Gut, können wir abhaken. Was ist es also dann?«

»Darüber will ich nicht sprechen.«

»Kriegst du ein Kind?«

Sie blickte ihn empört an.

»Wenn ich keinen Freund habe, kann ich auch kein Kind kriegen.«

»Na, das kann man nicht so direkt behaupten. Es gibt da die widrigsten Umstände, um in Umstände ... Well, können wir auch abhaken. Ist etwas mit deinen Eltern? Wer oder was hat dir die Lust am Leben genommen?«

Sie versuchte sich zu beherrschen, aber ihre Augen füllten sich wieder mit Tränen.

»Mädchen, Cornelia«, sagte er und legte seine Hand auf ihre, die sich zur Faust geballt hatte. »Ist es wirklich etwas Ernstes? Was ist es denn?«

»Jella«, flüsterte sie mit zitternden Lippen. »Ich habe Jella verloren.«

»Jella? Wer ist Jella?«

»Jella ist ein Pferd.«

Sie blickte ihn voll an, aus ihren weitgeöffneten Augen rollten Tränen über ihr Gesicht.

»Jetzt lachen Sie. Das verstehen Sie nicht.«

»Doch«, sagte er, »das verstehe ich sehr gut.«

Er wischte mit sanften Fingern die Tränen von ihrer Wange. »Ist Jella tot?«

»Tot? Nein, sie ist nicht tot. Sie ist fort.«

Und dann begann sie zu sprechen.

Es war, als wenn eine Eisfläche bricht und das Wasser in gewaltiger Flut herausschießt und alles um sich her zu ertränken scheint und in Wahrheit doch neues Leben, neue Kraft bringt. Sie sprach lange, sie erzählte ihm alles, diesem fremden Mann, der sie auf der Straße aufgelesen hatte. Dieser fremde Mensch, den sie nicht kannte, von dem sie nichts wußte, der sie nichts anging. Und den sie nichts anging.

Aber vielleicht war es gerade das. Es war möglich, einem Fremden alles zu erzählen. Noch dazu es einer war, der sie nicht auslachte, nicht verständnislos die Achseln zuckte. Einer, der zu verstehen schien.

Der auch von Pferden etwas verstand. Er erkundigte sich genau, welcher Rasse Jella war, von welchem Gestüt sie kam, ihre Farbe, ihr Bandmaß, ihre Gänge.

»Reiten Sie denn auch?« fragte Cornelia, das war schon viel später.

»Natürlich«, sagte er im Ton größter Selbstverständlichkeit. »Da, wo ich herkomme, reiten die meisten Menschen.« Aber das war, wie gesagt, erst viel später.

Vorher hatte sie geredet. Erst ein wirres Durcheinander, Klagen, Anklagen, böse Worte – Jella, Sabine, Jost, Petra, die Schule, die anderen, immer die anderen – bis er sie unterbrach und sagte: »Also nun mal schön der Reihe nach. Da wird kein Mensch draus schlau.«

Da hatte sie von vorn begonnen. Ihr Leben mit Sabine allein, dann Jost, Sebastian, endlich Jella.

Sie saßen längst nicht mehr in der Wirtschaft, die hatte geschlossen, sie liefen die leeren Straßen entlang, hoch über den Dächern von Schwabing stand silberweiß der abnehmende Mond, es war kühl geworden, aber Cornelia merkte es nicht, ihr war heiß, sie war wie betrunken, manchmal strauchelte sie vor Übermüdung, aber ihr Kopf war klar, und sie redete und redete.

Alles sprach sie sich von der Seele. Es war neue Qual, aber es war Befreiung zugleich.

Schließlich war sie am Ende. Sie war erschöpft. Aber der eiserne Panzer um ihr Herz hatte Risse bekommen. »Und Sie lachen nicht über mich?« fragte sie ganz leise.

»Nein. Da ist nichts zum Lachen. Ich verstehe Ihren Schmerz. Ich werde Ihnen auch eine Geschichte erzählen. Als ich meine ersten beiden Semester hinter mir hatte, ich studierte in Heidelberg, habe ich mich verliebt. Sehr verliebt. Wie man das tut, wenn man jung ist. Das Mädchen wollte mit mir in den Sommermonaten nach Spanien fliegen, es gab dort Bekannte von ihr, die ein Haus hatten, wo wir wohnen konnten. Ich fand das natürlich großartig, erstens die Liebe, nicht wahr, und in Spanien war ich auch noch nicht gewesen, und zweitens so ein schöner langer Urlaub, das war schon eine Sache. Ich mußte nur den Flug bezahlen, das konnte ich gerade zusammenkratzen, der Aufenthalt würde mich nicht viel kosten. War nur die Frage, was mache ich mit Simon. Simon war mein Hund. Als ich nach Heidelberg ging, hatte ich ihn mitgenommen, obwohl mein Vater gesagt hatte, daß das Blödsinn sei, ich solle das Tier zu Hause lassen, es sei den Garten und die Freiheit gewohnt. Aber ich konnte mich von Simon nicht trennen. Ich liebte ihn mehr als alles auf der Welt. Jetzt auf einmal konnte ich mich von ihm trennen. Bloß wegen eines Mädchens. Nun hätte ich mich ja in den Zug setzen können und den Hund nach Hause bringen können, nicht? Oder mir ein Auto leihen von einem Kommilitonen. Aber es kam so plötzlich mit der Reise, und mit Geld war ich auch so knapp, und Elfi, das war das Mädchen, sagte: ›Den Hund geben wir zu meinen Eltern, die haben ja einen Garten, das geht schon für eine Weile.‹ Na ja, und dann verreisten die Eltern auch, als wir weg waren, und gaben den Hund zu irgendwelchen Bekannten, die haben ihm Geflügelknochen gegeben oder was weiß ich, jedenfalls als ich wiederkam, war der Hund tot. Erstickt.«

»Oh, wie schrecklich«, sagte Cornelia.

»Ja, nicht wahr? Nie, bis an mein Lebensende nicht, werde ich mir verzeihen, was ich getan habe. Ich war treulos, Cornelia. Treulos. Ich hatte meinen Freund verraten. Nicht nur, daß er unglücklich war bei den fremden Leuten, daß er sich verlassen und verstoßen vorkommen mußte, haben sie ihn auch noch umgebracht. Ich hätte ihn wenigstens nach Hause bringen können. Die zwei Tage mußte ich für ihn übrig haben. Ich war in meinem ganzen Leben nicht so unglücklich und verzweifelt. Und wenn ich daran denke, bin ich es heute noch. Ich kann Simon nie vergessen.«

Plötzlich war es so, daß Cornelia *ihn* trösten mußte. Sie schob ihre Hand unter seinen Arm.

»Ja, das kann ich gut verstehen.«

Er drückte ihre Hand leicht an sich.

»Siehst du, wir verstehen uns. Ein Tier und ein Kind darf man nie enttäuschen und verraten. Einem erwachsenen Menschen oder sogar auch schon einem halberwachsenen Menschen kann man alles erklären. Man kann ihm verständlich machen, warum dies oder jenes geschieht oder zu geschehen hat. Einem kleinen Kind und einem Tier kann man es nicht erklären. Und darum macht man sich schuldig.«

Eine Weile gingen sie still nebeneinander her.

Etwas Neues ging mit ihnen. Schwer zu sagen, wie man es nennen sollte. Einverständnis, Verstehen, fast schon ein Bündnis.

Jella und Simon waren auch dabei.

Irgendwann blieb Christoph stehen.

»Deine Jella lebt, nicht wahr? Und nach allem, was du erzählt hast, kann es ihr nicht schlecht gehen. Ich kenne Gestüt Campwort. Für ein Pferd ist dort der Himmel auf Erden.«

»Du kennst es?«

»Ja. Nicht weit davon entfernt bin ich zu Hause. Ich bin Holsteiner.«

»Nicht möglich.«

»Ich bin aus einem kleinen Dorf zwischen Eutin und Plön.«

»Das finde ich ja toll«, sagte Cornelia, es klang kindlich erstaunt.

Gar nicht kindlich jedoch klang ihre nächste Frage.

»Was ist denn aus Elfi geworden?«

»Mit Elfi war umgehend Schluß. Nämlich als sie sagte: ›Gott, hab dich doch nicht so wegen dem Köter.‹ Da war Elfi für mich nicht mehr vorhanden.«

»Kann ich verstehen. So jemanden kann man nicht lieben.«

»Nein. Kann man nicht. Und weißt du, was ich dann gemacht habe?«

»Was denn?«

»Umgesattelt. Bis dahin hatte ich nämlich Zahnmedizin studiert. Ich habe einen Onkel, der ist Zahnarzt in Travemünde. Gutgehende Praxis. Und der war der Meinung, die sollte ich mal übernehmen. Eigentlich wollte ich nämlich viel lieber Tierarzt werden.«

»Und dann?«

»Bin ich einer geworden. Ich ging nach Hannover an die Tierärztliche Hochschule. Und jetzt bin ich hier an der Universitätstierklinik. Mein erstes Assistentenjahr. Die letzten vier Semester habe ich nämlich in München gemacht. Ja, so ist das.«

Ja, so war das. Vor ein paar Stunden kannten sie sich nicht. Und jetzt kannten sie voneinander die halbe Lebensgeschichte. Fast schon die ganze.

Cornelia fühlte sich seltsam getröstet. Seit Monaten zum erstenmal war Friede in ihr Herz eingekehrt, waren schwarze und böse Gedanken aus ihrem Kopf verschwunden. Jella ging es also gut. Für ein Pferd ist dort der Himmel auf Erden. Und Tierarzt war der fremde Mensch.

»Behandelst du auch Pferde?« fragte sie.

Das Du ging ihr schon ganz selbstverständlich über die Lippen.

»Natürlich. Zunächst mache ich alles. In jedem Fach muß ich eine Zeitlang arbeiten. Was ich später mache, weiß ich noch nicht. Ob ich mich spezialisiere. Oder ob ich wissenschaftlich arbeiten werde. Das hat noch ein paar Jahre Zeit, bis ich mich entscheide.«

»Zu uns in die Reitschule kommt immer einer, der ist ein reiner Pferdearzt. Der behandelt nur Pferde. Und er hat sogar eine eigene Klinik für Pferde.«

»Das ist ja auch ganz richtig so. Gerade für Pferde braucht man Spezialisten, so sensibel wie die sind.«

»Jella war ganz gesund. Nur einmal hatte sie Husten. Da hatten wir aber den Husten im ganzen Stall. Da mußte sie zwei Wochen lang stehen.«

Es war schön, von Jella zu sprechen. Aber Christoph unterbrach sie nach einer Weile.

»Weißt du eigentlich, wie spät es ist? Drei Uhr. Bist du nicht müde?«

»Ich bin todmüde. Ich bin seit heute früh um zehn unterwegs.«

»Beim heiligen Christophorus! Und deine Mutter?«

»Ich hoffe, sie schläft und hat es nicht gemerkt.«

Das klang jedoch ein wenig unsicher. Und davon, daß sie nicht mehr nach Hause gehen wollte, sprach Cornelia auch nicht mehr.

»Also los, jetzt bringe ich dich nach Hause und du verschwindest im Bett. Ich muß um sieben in der Klinik sein.«

»Aber morgen ist doch Samstag.«

»Erstens ist heute Samstag und zweitens sind Tiere auch am Wochenende krank. Was stellst du dir denn unter dem Beruf eines Arztes vor?«

Doch so schnell kamen sie beide nicht ins Bett, wie sie gedacht hatten.

Als sie vor dem Haus ankamen, in dem Cornelia wohnte, lehnte im Dunkel eine Gestalt an der Hauswand.

Ein blasser Fleck – ein Gesicht. Zwei dunkle weitoffene Löcher – Augen.

Es war Sabine.

»Mein Gott, Mami!« sagte Cornelia, und sie sprach zu ihrer Mutter wie früher. »Was tust du denn hier?«

»Cornelia!« flüsterte Sabine mit letzter Kraft, dann glitt sie lautlos an der Wand nieder, Christoph gelang es gerade noch, sie aufzufangen, ehe ihr Kopf aufs Pflaster schlug.

»Sie hat auf mich gewartet«, sagte Cornelia fassungslos.

»Los, schließ die Tür auf«, sagte Christoph.

Er nahm die leichte Gestalt auf seine Arme und trug sie behutsam ins Haus, im Lift fuhren sie nach oben.

»Es ist verantwortungslos von dir. Und von mir auch. Wir rennen da in der Nacht herum, und sie steht Todesängste um dich aus. Bist du denn jemals schon so spät nach Hause gekommen?«

»Nein. Nie.«

»Siehst du.«

Cornelia schloß die Wohnungstür auf, es war totenstill, Jost war offenbar nicht gekommen.

Als Christoph sie auf ihrem Bett niederlegte, kam Sabine zu sich. Sie schlug die Augen auf, und genau wie ihre Tochter einige

Stunden vorher sah sie über sich das Gesicht eines fremden Mannes.

»Was ist denn?« fragte sie.

»Sie waren einen Moment weggetreten, gnädige Frau«, sagte Christoph. »Haben Sie lange da unten an der Tür gestanden?«

»Ich ... ich weiß nicht. Cornelia ...«

»Cornelia ist da. Ich habe sie nach Hause gebracht. Es ist ihr nichts geschehen.«

»Mamilein!«

Cornelia setzte sich auf den Bettrand und nahm Sabines Hände. »Verzeih mir! Oh, verzeih mir.«

Dramatisch sei es nun diesen Abend ausreichend genug gewesen, fand Christoph.

»Morgen«, sagte er. »Morgen wird sie dir verzeihen. Vielleicht. Jetzt wirst du einen Cognac besorgen, falls so etwas im Hause ist. Und dann wird geschlafen.«

Er nahm Sabines Handgelenk zwischen seine Finger, ihr Puls ging schwach, aber gleichmäßig.

»Ich wußte nicht, ob ich die Polizei rufen sollte«, sagte Sabine.

»Sie sehen, gnädige Frau, es war nicht nötig. Trotzdem muß auch ich um Verzeihung bitten, daß ich Cornelia so spät nach Hause gebracht habe. Sie wird Ihnen morgen erzählen, wie es dazu kam.«

»Wer sind Sie?«

»Christoph Goos ist mein Name.«

»Sie ... Sie sind ein Freund meiner Tochter?«

»Ich denke, daß man es so nennen könnte.«

Sabine blickte in die grauen Augen. Was für ein gutes Gesicht, dachte sie. Wie vertrauenerweckend er aussieht.

»Wenn Sie erlauben, gnädige Frau, werde ich mich morgen nach Ihrem Befinden erkundigen. Und jetzt sollten Sie schlafen.«

Cornelia kam mit dem Cognac. Sabine trank ihn mit geschlossenen Augen.

»Cornelia . . .«

»Es ist gut, Mami. Ich geh auch gleich schlafen. Morgen erzähle ich dir alles.«

Sabine öffnete die Augen wieder, sah ihre Tochter an. Es klang so normal, was sie sagte. Und sie lächelte ihr zu. Wie lange hatte sie Cornelia nicht mehr lächeln gesehen. Hatte das dieser fremde Mensch zustande gebracht, dieser – wie hieß er doch gleich?

Christoph ging aus dem Zimmer, Cornelia zog ihrer Mutter die Hausschuhe von den Füßen, die Füße waren eiskalt. Unter dem Morgenrock trug sie nur ein leichtes Nachthemd. Cornelia deckte Sabine sorglich zu.

»Schlaf gleich. Ich lasse bloß Christoph hinaus, dann gehe ich auch schlafen.«

Sie löschte das Licht und ging aus dem Zimmer.

Christoph! Wie leicht ihr das von den Lippen ging.

Der Abschied war kurz.

»Also tschüs denn, nicht? Darf ich mal anrufen morgen, wie's so geht, oder ist das nicht erwünscht?«

»Doch, es ist erwünscht«, wieder lächelte Cornelia. »Und ich möcht auch gern noch was von diesem Campwort erzählt kriegen.«

Cornelia schloß behutsam die Tür hinter ihm, hörte, bis sein leiser Schritt verklang.

Mein Gott, wenn er um sechs aufstehen mußte, hatte er gerade noch zwei Stunden Schlaf.

Verrückt so was! Was ihr da heute passiert war. Was hatte sie bloß alles zusammengeredet? Dieser fremde Mensch, der da plötzlich vorhanden war.

Erst zog er sie, ein verheultes Etwas, aus einem Winkel, und dann kippte ihm Sabine in die Arme.

Was der sich wohl dachte?

Sie öffnete noch mal die Tür zum Schlafzimmer.

»Ist er weg?« kam Sabines Stimme aus dem Dunkel.

»Ja.«

»Wirst du mir morgen erzählen, wer er ist?«

»Ja. Gute Nacht.«

»Gute Nacht.«

Das würde eine merkwürdige Erzählung sein. So was konnte man eigentlich gar nicht erzählen.

Und wer war Christoph?

Ein Tierarzt aus einem Dorf in Holstein. Das wußte sie schon von ihm.

Und er hatte einen Hund gehabt, der Simon hieß.

Cornelia war schon auf dem Weg ins Bad, da kehrte sie noch einmal um.

Sie würde vor Hunger nicht schlafen können.

Sie kauerte sich vor den Kühlschrank und holte sich alles heraus, was sie finden konnte. Wurst, ein paar Scheiben Schinken, zwei Tomaten, eine Gurke, die Butter.

Sie machte sich zwei Brote zurecht, dann noch ein drittes. Und trank eine ganze Flasche Saft dazu. Dabei dachte sie an Jella und an Christoph, und an Christoph und an Jella, dazwischen auch an Sabine, wie sie da unten vor der Haustür stand.

Als sie ins Bett ging, begannen die Vögel bereits zu zwitschern.

Sabine und Cornelia

Auch Sabines Verzweiflung hatte am Abend zuvor einen Höhepunkt erreicht. Sie wußte nicht mehr, wie es weitergehen sollte. Was sie tun sollte, um Cornelia zur Vernunft zu bringen, um ihr Familienleben zu retten. Sie hatte Jost am Abend erwartet, doch er rief ziemlich spät an, so gegen zehn, daß er an diesem Wochenende nicht kommen würde. Er hätte am nächsten Tag einige wichtige Besprechungen, zu denen er im Laufe der Woche nicht gekommen sei.

Das konnte wahr sein oder auch nicht.

»Warum hast du mich denn nicht früher angerufen? Ich warte doch auf dich.«

»Lieber Himmel, Kind, ich hatte bis jetzt zu tun. Ich habe noch nicht einmal zu Abend gegessen.«

Sie war voll Unruhe gewesen. Seit sie ihren ersten Mann durch den Autounfall verloren hatte, war sie immer von Angst erfüllt, wenn einer von der Familie spät nach Hause kam. Und wenn Jost mit dem Wagen unterwegs war, und er kam später als erwartet, machte sie das nervös. Nun stellte sich heraus, er hatte gar nicht die Absicht zu kommen. Keine Zeit, wie er sagte. Aber er hätte um sechs, um sieben anrufen können, er wußte doch, daß sie sich ängstigte.

»Ist alles in Ordnung bei dir?« fragte sie.

»Abgesehen von dem üblichen Ärger geht es einigermaßen. Dich frage ich besser nicht.«

»Nein«, sagte sie mit einem Seufzer.

Es war nur ein kurzes Gespräch, und als Sabine aufgelegt hatte, dachte sie, es sei durchaus denkbar, daß er nicht kam, weil er nicht kommen wollte. Die wichtigen Besprechungen konnten ein Vorwand sein. Möglicherweise hatte er die trostlose Atmosphäre daheim satt. Was ihm keiner übelnehmen konnte. Er saß dort in einem gemütlichen Hotel und konnte das Wochenende verbringen, ohne ein böses und ein unglückliches Gesicht zu sehen. Er konnte mit dem Wagen ein bißchen in der Gegend herumfahren, dieses oberfränkische Land sei sehr hübsch, hatte er erzählt. Das Wetter war schön, er konnte auch irgendwo zum Baden fahren; was immer er tat, er brauchte sich nicht zu ärgern.

Vielleicht, auch das dachte Sabine, gab es dort in jener Stadt eine nette Frau, die ihm gern am Wochenende Gesellschaft leistete. Auch das wäre zu verstehen. Hatte er nicht erzählt, der Chef der Baufirma, mit der er dort zusammenarbeitete, sei ein sehr sympathischer Mann und hätte eine höchst charmante Frau? Ein paarmal war er abends dort schon eingeladen gewesen. Und eine bildhübsche Tochter sei ebenfalls vorhanden.

Er hätte ja recht, dachte Sabine. Ein bißchen Lebensfreude könnte er gebrauchen. Der Unfall, die lange Krankheit, die finanziellen Sorgen, das Leben war für ihn im vergangenen Jahr kein Vergnügen gewesen.

Und ich, das dachte Sabine auch, ich bin keine angenehme Partnerin mehr für ihn. Ich kann es verstehen, wenn er genug von uns hat, nicht nur von Cornelia, auch von mir. Mit solchen Gedanken verbrachte Sabine den weiteren Abend. Sebastian schlief längst, es war totenstill in der Wohnung. Sie war allein. Eine Weile saß sie vor dem Fernseher, doch der bot keine Ablenkung von den düsteren Gedanken. Sie versuchte zu lesen, aber sie konnte sich auf das Buch nicht konzentrieren, lauschte nur immer, ob sie nicht Cornelia kommen hörte.

Eigentlich tat sie den ganzen Tag, den ganzen Abend nichts anderes als warten. Auf Cornelia, auf Jost. Jost kam nicht, das wußte sie nun. Aber warum kam Cornelia nicht nach Hause? Sie war seit dem Vormittag unterwegs.

Erst war Sabine ärgerlich; als es später und später wurde, kam die Angst. Die Angst, daß Cornelia etwas geschehen sein könnte. Die Angst, daß sie nicht mehr nach Hause kommen würde. Diese Angst hatte sie nun schon seit langem: daß Cornelia etwas Dummes, Unüberlegtes tun könnte.

Sie tröstete sich immer wieder damit, daß Cornelia schließlich ein kluges und vernünftiges Mädchen sei. Solche Eigenschaften konnten doch nicht von einem Tag auf den anderen verlorengehen. Was auch immer geschehen war, es war doch undenkbar, daß sich das Wesen eines Menschen total ins Gegenteil verkehrte. Daran konnte und wollte Sabine immer noch nicht glauben.

Um Mitternacht war Sabine ein Nervenbündel. Nicht mehr fähig, einen klaren Gedanken zu fassen. Sie hatte alle Gemütsregungen durchgemacht: Ärger, Wut, Sorgen, Angst, Verzweiflung – schließlich weinte sie.

Sie ging ins Bett, stand wieder auf. Sah aus dem Fenster, lief rastlos durch die Wohnung, betrachtete den schlafenden Sebastian, legte sich wieder hin, aber an Schlafen war nicht zu denken. Dagegen dachte sie an die Polizei.

Aber was sagen? Daß ihre sechzehnjährige Tochter noch nicht zu Hause war? Die Beamten würden vermutlich nur grinsen.

Wo um Himmels willen war Cornelia? Sie war in letzter Zeit manchmal spät nach Hause gekommen. Aber nie später als elf Uhr.

Wo war sie? Was tat sie?

Komischerweise vermutete Sabine nicht, daß ein männliches Wesen dahinterstecken könnte. Cornelia hatte sich bisher nicht viel aus Jungen gemacht. Es gab ein paar aus ihrer Klasse, die tauchten hier und da auf, spielten aber keine Rolle. Sonst wußte Sabine von keinen Bekanntschaften.

Sicher hätte sich Cornelia ja wohl auch anders benommen, wenn sie verliebt gewesen wäre.

So wie die Dinge zur Zeit lagen, hätte es Sabine sogar begrüßt, wenn es irgendeinen halbwegs erträglichen Knaben gegeben hätte, dem Cornelia ihr Interesse schenken könnte. Das würde sie vielleicht ein wenig von ihrem Schmerz um Jella ablenken.

Aber wie es schien, war Cornelia immer allein.

Erst vor einigen Tagen hatte Sabine, als sie einkaufen war, Petra getroffen.

Petra kam vom Reiten, und Sabine gab es einen Stich ins Herz, als sie die Reithosen und die Stiefel sah.

Petra stieg vom Rad, und Sabine fragte: »Na, schönen Ritt gemacht?«

»Ja, ganz prima. Ich bin zwei Stunden ausgeritten. Jetzt habe ich nämlich den Commander, Herr Lachner ist für vier Wochen mit seiner Frau zur Kur gefahren. Das hat Cornelia davon; die dumme Nuß, sie könnte jeden Tag reiten.«

Eine Weile sprachen sie dann also von Cornelia, und Petra gab ihre Meinung zum besten.

»Für mich hat sie 'n ausgereiften Dachschaden«, sagte Petra. »Irgendwann muß man ja wieder mal auf den Teppich kommen, nich? Ich seh sie überhaupt nicht mehr. Keiner von uns sieht sie. Sie kommt nicht mehr zum Reiten, sie geht nicht mit zum Schwimmen, sie kommt abends nicht mit zu einem Bummel. Neulich haben wir einen Ausflug ins Isartal gemacht, Steffi und ich, Claus und Dieter, war richtig prima. Ich hab Cornelia extra angerufen. Sie wissen es doch, Frau Hartneck, Sie waren doch erst am Apparat.«

»Ja, Petra, ich erinnere mich gut.«

»Eigentlich wollte ich ja gar nicht mehr mit ihr reden, weil sie sich so blöd benimmt. Vorige Woche habe ich sie mal getroffen, in irgend so einem Eisladen. Ich wollte mich zu ihr setzen, da ist sie einfach aufgestanden und weggegangen. Wie finden Sie das denn? Das ist doch eine Gemeinheit. Ich habe ihr doch wirklich nichts getan. Und wegen dem Ausflug hab ich nur angerufen, weil Claus das partout wollte. Na gut, ich sag: ›Komm doch mit, wir schwimmen irgendwo und machen ein Picknick. Dieter hat nen neuen Foto gekriegt, und da machen wir Bilder und so.‹ Wissen Sie, was sie mir geantwortet hat? ›Laß mich ein für allemal in Ruhe, ich will keinen sehen.‹ Sagen Sie selbst, Frau Hartneck, die spinnt doch. Ich kann ja gut verstehen, daß ihr das nahegegangen ist mit der Jella. Aber irgendwo ist doch Bahnhof. Sie kann doch nicht ihr ganzes Leben lang deswegen in Sack und Asche gehen.«

Dazu gab es nicht viel zu sagen. Sabine konnte Petra nur recht geben.

Die Freunde hatten den Fall natürlich auch des öfteren besprochen, die ganze Klasse hatte sich wegen Cornelia den Kopf zerbrochen. Sie waren nun schon in dem verständigen Alter, daß sie versuchten zu verstehen, daß sie versuchten, den Fall psychologisch zu erklären.

»Claus sagt, das ist eine mehrschichtige Störung, die sie durchmacht. Erstens Pubertätsprobleme, nicht? Und zweitens immer noch eine gewisse Ablehnung gegen Ihren Mann, Frau Hartneck. Entschuldigen Sie, daß ich das sage, aber wir erklären uns das so. Mit dem Pferd hat er ihr irgendwie den Hahn abgedreht. Aber nun kann sie sich wieder so richtig hineinsteigern, wie fies er doch ist. Und drittens eben Jella. Das Pferd ist für sie zu einem Lebensmittelpunkt geworden. Claus sagt, man soll seinen Mittelpunkt nur in sich selbst suchen, sonst nirgends. Kein anderer Mensch, und erst recht kein Pferd sollte der Punkt sein, um den sich das ganze Leben eines Menschen dreht. Hat er sicher recht, nicht? Mir leuchtet das ein.«

»Doch, da mag er recht haben. Aber immer kann man wohl nicht alle Dinge berechnen. Vieles in einem Menschen ist halt unberechenbar.«

»Na schön, aber doch nicht so. Was Cornelia da treibt, das ist einfach Selbstzerstörung. So was ist doch echt irre.«

Sabine hatte dann noch gefragt, ob Petra und ihre Freunde vielleicht wüßten, ob Cornelia irgendwelche Bekanntschaften habe, die mit der Schule nichts zu tun hätten.

»Glaub ich nicht. Sie ist ewig allein. Sie kommt auf keinen Sportplatz, nicht in den Stall, in kein Schwimmbad, wo sie denkt, sie könnte einen von uns treffen. Sie will ja keinen sehen, das sagt sie ja immer wieder. Im Stall war sie kein einziges Mal, seit Jella abtransportiert wurde. Herr Reinhardt ist ganz schön sauer auf sie. Er hat sich schließlich viel Mühe mit ihr gegeben. Sie sei reichlich undankbar, hat er neulich gesagt. Ist ja auch wahr, nich? Und wissen Sie, was sie mal zu mir gesagt hat, als sie noch geruhte, mit mir zu sprechen? Ich würde mich ja nur freuen, daß Jella weg ist, ich wäre ja sowieso immer neidisch gewesen. So gemein ist die jetzt. Und das war mal meine Freundin.«

Petra tat es offenbar wohl, dies alles einmal los zu werden. Sabine stimmte dieses Gespräch nicht eben heiter. Sie ersah daraus, daß Cornelia völlig isoliert war. Ihre Freunde, die Mitschüler, alle wandten sich von ihr ab. Und es war Cornelias Schuld. Es war eine selbstgewählte Einsamkeit, die alles und jeden aus ihrem Leben ausschloß. Sie machte es ja mit der eigenen Mutter nicht anders.

Selbstzerstörung hatte Petra es genannt.

Das Wort ging Sabine nicht aus dem Sinn.

Und nun dieser Abend, diese Nacht, in der Cornelia nicht nach Hause kam. Gegen halb zwei hatte es Sabine nicht mehr im Bett, nicht einmal mehr in der Wohnung ausgehalten. Sie hatte einen Morgenrock über ihr Nachthemd gezogen und war leise die Treppe hinuntergegangen, nicht einmal den Lift benutzte sie. Eine Weile hatte sie hinter der Haustür gestanden, dann kamen zwei späte Bummler nach Hause, sie zog sich zur Kellertreppe zurück und wartete, bis es im Haus wieder still geworden war.

Dann ging sie vor das Haus. Lehnte an der Haustür, später an der Hauswand. Ein schmaler Schatten, eine einsame, unglückliche Frau. Eine Mutter, die von ihrem Kind verlassen worden war.

Sie hätte nicht zu sagen gewußt, wie lange sie da stand. Sie hörte fern die Kirchturmuhren schlagen, zählte die Schläge. Es wurde kühler, der halbe Mond stieg über die Dächer, es war still.

Selbstzerstörung.

Das war das Wort, das sie peinigte in dieser Nacht.

Doch dann war Cornelia auf einmal da. Saß plötzlich bei ihr auf dem Bettrand, sprach mit ihr, hielt ihre Hand. Und ein fremder Mann war bei ihr. Kein vergammelter Junge. Ein Mann.

Als Sabine an diesem Morgen erwachte, unausgeschlafen, aber dennoch hoffnungsfroher als an vielen Tagen zuvor, als sie dem kleinen Sebastian sein Frühstück gab, seinem Geplapper zuhörte, selbst frühstückte, die Überschriften der Zeitung überflog, ging ihr immer wieder die seltsame Begegnung der vergangenen Nacht durch den Kopf.

Wer war dieser Mann? In welcher Beziehung stand er zu Cornelia? Gab es also doch andere Menschen, einen anderen Menschen in Cornelias Leben?

Cornelia schlief lange. Als sie endlich aufstand, kochte Sabine ihr Kaffee, röstete Toast, aber sie sprach nicht, stellte keine Fragen.

Es war schwierig geworden, miteinander zu reden.

Ein falsches Wort, und Cornelia würde aufstehen und weggehen. Wie sie es oft machte in letzter Zeit.

So weit ist es mit uns gekommen, dachte Sabine bitter. Cornelia und ich, wir waren so vertraut. Alles wegen dem verdammten Gaul. Das dachte jetzt sogar Sabine. Aber sie mußte erfahren, wer der Mann war, der in der Nacht in dieser Wohnung gewesen war, der vor ihrem Bett gestanden hatte. Hatte er ihr nicht den Puls gefühlt? Ein Arzt? Sie hatte wohl das Bewußtsein verloren, das war Sabine klar. Hatte Cornelia einen Arzt geholt und war der Mann an ihrem Bett nichts als ein Notarzt, der zu Cornelia in keinerlei Beziehung stand?

Auf jeden Fall, eine Erklärung war Cornelia ihr schuldig, man konnte doch nicht einfach über alles schweigen, was in der Nacht geschehen war.

Auch für Cornelia war es schwierig, die richtigen Worte zu finden. Sie schämte sich, wenn sie daran dachte, wie ihre Mutter mitten in der Nacht vor der Haustür stand und dann einfach vor Erschöpfung umfiel.

Und natürlich mußte sie Sabine erklären, was geschehen war und wer der Mann war, der sie nach Hause gebracht hatte. Wenn sie es nur erst einmal sich selbst erklären könnte. Sie mußte ununterbrochen über das nachdenken, was sie in der vergangenen Nacht erlebt hatte. Da kam einer, sprach sie an, sie ging mit und erzählte ihm alles. Einfach alles.

Wo gab's denn so was?

Einerseits wünschte sie die ganze Geschichte ungeschehen zu machen. Es war so . . . so peinlich irgendwie. Was der wohl von ihr dachte?

Andererseits fühlte sie sich heute einfach anders. Irgendwie befreit. So . . . so, als ob man etwas Schmutziges von sich abgewaschen hätte.

Ach ja, die Haare müßte sie sich eigentlich auch mal wieder waschen.

Ob das so war, wenn Leute zum Psychiater gingen und sich auf die Couch legten und sich alles von der Seele quatschten, das Wichtige und das Unwichtige?

Sie hatte das nie verstanden, aber so ähnlich mußte es wohl sein.

Oder wenn fromme Katholiken zur Beichte gingen, das war vielleicht auch so ein Gefühl.

Was für verrückte Gedanken! Wenn dieser Christoph wüßte, was sie alles zusammendachte, würde er sie auslachen. Ob das stimmte, was er gesagt hatte, daß sein Vater Pfarrer war? Oder hatte er sie angekohlt?

Tief in Gedanken versunken kaute Cornelia ihren Toast und trank Kaffee.

Tierarzt. Das war einfach Spitze.

Das wäre auch ein Beruf für mich, dachte sie.

Der Gedanke war umwerfend. Sie hörte auf zu kauen und starrte in die Luft.

Plötzlich fiel ihr die Schule ein. Wenn sie so weitermachte wie bisher, würde sie weder ein Abitur machen noch überhaupt studieren können.

Letzter Rest von Trotz: Wennschon! War doch egal, was aus ihr wurde.

Ist doch egal, was aus mir wird. Ich brauche kein Abitur, ich brauche kein Studium. Ich brauche gar nichts mehr. Wenn ich Jella nicht habe, will ich gar nicht mehr leben. So war es doch. Hatte sich vielleicht etwas geändert? Nichts hatte sich geändert.

Bloß weil sie mit dem geredet hatte –

Sie machte eine finstere Miene, schluckte den letzten Bissen herunter, trank den Kaffee aus und stand auf.

»Cornelia!« sagte Sabine.

Jetzt kam es. Verdammt noch mal, sie soll mich doch in Ruhe lassen. Ich kann ihr das nicht erzählen. Einfach so, als wenn es ganz alltäglich wäre. Man kann das nicht erklären.

»Ich will mir nur schnell die Haare waschen«, murmelte Cornelia.

Sabine sah sie an.

»Das wäre nicht direkt ein Luxus«, meinte sie in leichtem Ton und versuchte es mit einem Lächeln. In ihren Augen stand eine Frage.

Aber sie wagte nicht, sie auszusprechen.

Da setzte sich Cornelia wieder hin. Doch, sie mußte davon sprechen.

»Warum hast du denn da heute nacht vor der Tür gestanden?« fing sie an, nur um einen Anfang zu haben.

»Das fragst du noch? Weißt du, wie spät es war? Ich habe mir Sorgen gemacht. Oder denkst du vielleicht«, Sabines Stimme hob sich zornig, ihre Beherrschung hatte auch Grenzen, »denkst du vielleicht, weil dir alles egal ist, muß mir auch alles egal sein? Weil es dir gleichgültig ist, was aus mir wird, muß mir gleichgültig sein, was aus dir wird? Wo du bist. Mit wem du bist. Was du treibst, wenn du nachts nicht nach Hause kommst.«

Aufstehen, weggehen, Tür zuschmeißen.

Cornelia blieb sitzen, starrte vor sich auf das Tischtuch. Es war von zartgelber Farbe und hatte ein Muster aus weißen Margeriten.

»Hiii!« schrie Sebastian begeistert. Er hatte aus Klötzchen einen Turm gebaut, der eben zusammengekracht war.

»Ist Jost denn gestern abend nicht gekommen?« fragte Cornelia, um das Gespräch noch herauszuschieben.

»Das siehst du doch. Er hat um zehn angerufen, daß er dieses Wochenende nicht kommt. Ich nehme an, er hat von uns die Nase voll. Ich werde mich nicht wundern, wenn er sich demnächst scheiden läßt.«

Cornelia blickte überrascht auf. »Hat er das gesagt?«

»Bis jetzt noch nicht. Aber ich könnte es ihm nicht verdenken. Ich würde jedenfalls die Scheidung nicht verweigern. Wie kommt der Mann dazu, sich so behandeln zu lassen? Das erträgt die größte Liebe nicht. Na gut, na schön, dann ist es eben wieder wie früher. Du machst, was du willst. Und ich werde dann auch sagen: Mir ist alles egal!«

Cornelia schwieg. Malte mit dem Finger die Margeritensterne nach.

»Ich hab mich idiotisch benommen, nicht?«

»Kann man wohl sagen. Und habe ich recht gehört, hast du in der Vergangenheitsform gesprochen?«

Cornelia richtete sich auf, sah ihre Mutter an.

»Ja. Ich glaube, ich kann mich jetzt bekriegen. Ich versuche es. Aber – aber du weißt vielleicht nicht, was Jella mir bedeutet hat.«

»Aber Kind! Ich sollte das nicht wissen! Ich habe alle deine Tränen um Jella mitgeweint. Weißt *du* das nicht?«

»Ich hab eben gedacht, daß ich ohne Jella nicht weiterleben kann. Ich weiß auch jetzt noch nicht, wie ich leben soll ohne sie. Aber ich weiß auch, daß es Blödsinn ist, so etwas zu sagen. Als Vater tot war, mußtest du auch weiterleben.«

Dieser Vergleich zwischen dem Tod ihres Vaters und dem Verkauf ihres Pferdes verblüffte Sabine so, daß ihr keine Antwort einfiel. Aber es war nicht nötig, daß sie antwortete, denn nun redete Cornelia. Jetzt kam sie ins Reden.

»Als ich das von Simon hörte, da hab ich eigentlich zum erstenmal so richtig gemerkt, wie irre ich mich benommen habe. Der Tod ist eben doch was anderes, nicht?«

»Wer ist Simon?« fragte Sabine. Sie zündete sich eine Zigarette an und faßte sich in Geduld.

»Simon war tot, als Christoph zurückkam. Und daran war Christoph schuld. Das hat er selbst gesagt. So was muß schwer zu ertragen sein. Damit verglichen . . . ich meine, Jella hat mir nichts vorzuwerfen.«

»Könntest du nicht ein wenig verständlicher reden? Ich verstehe kein Wort.«

»Nein, das kannst du auch nicht verstehen. Ich muß dir das richtig erzählen. Christoph hat mich das irgendwie in einer anderen Perspektive sehen lassen. Verstehst du? Es kam auch daher, daß ich ihm alles erzählen konnte. Und daß er es verstanden hat. Er hat nicht gesagt, du spinnst. Er kann es verstehen, daß man leidet, wenn man sein Pferd verliert. Überhaupt ein Tier, das man liebt. Aber Jella ist ja nicht tot.«

»Ist Christoph der junge Mann, der dich heute nacht nach Hause gebracht hat?«

»Ja. Du bist ihm einfach in die Arme gefallen. Er hat dich hinaufgetragen, als wärst du ein kleines Kind. Er muß sehr stark sein.«

Sabine hätte ja nun sagen können, daß sie im Laufe der letzten Monate an die zehn Pfund abgenommen hatte. Aber sie sagte es nicht.

»Wer ist er?« fragte sie statt dessen. »Und wie lange kennst du ihn schon?«

»Seit heute nacht«, erwiderte Cornelia im Ton größter Selbstverständlichkeit.

»Was?«

»Ja; gestern abend, es muß so zwölf oder halb eins gewesen sein, da hat er mich angesprochen.«

»Er hat dich angesprochen?«

»Ich saß auf einer Schwelle und er sagte: ›Fehlt Ihnen etwas? Kann ich Ihnen helfen?‹ Stell dir vor, so was tut der. Und weißt du warum? Aus christlicher Nächstenliebe. Sein Vater ist nämlich Pfarrer –«

Und nun begann Cornelia endlich die ganze Geschichte von vorn zu erzählen. Ziemlich präzise, sie ließ nichts aus. Sie hatte sich alles genau gemerkt, jedes Wort. Ausführlich kam die Geschichte von Simon.

Es dauerte fast eine Stunde, bis Cornelia mit allem fertig war, auch mit den Kommentaren, ihren Gefühlen, ihren Stimmungen.

»Das ist kaum zu glauben«, sagte Sabine.

»Ja, nicht?«

»Du wolltest wirklich nicht mehr nach Hause kommen?«

»Nein, ich wollte nicht.«

»Und was hättest du getan?«

»Weiß ich nicht. Darüber habe ich nicht nachgedacht.«

»Man könnte an deinem Verstand zweifeln.«

Und in aller Gemütsruhe erwiderte Cornelia darauf: »Ich hatte ihn verloren.«

Sabine wagte noch nicht, daran zu glauben, daß einzig und allein die nächtliche Begegnung mit diesem Christoph das Wunder zustande gebracht haben sollte, Cornelia wieder in einen normalen Menschen zu verwandeln. Aber sie fühlte sich doch sehr erleichtert.

Als sie in der Küche das Mittagessen zubereitete, mußte sie pausenlos darüber nachdenken. Konnte es möglich sein, daß Cornelia wieder sie selbst war? Wenigstens annähernd? Jella war ja noch immer fort.

Cornelia kam in die Küche, nachdem sie die Haare gewaschen hatte.

»Was gibt's denn? Ich habe schrecklichen Hunger.«

»Kein Wunder. Du hast ja seit Wochen nicht mehr richtig gegessen. Ich mache Rouladen.«

Eigentlich waren die Rouladen für Sonntag bestimmt gewesen, aber da Jost nicht kam, gab es sie heute. Im Kühlschrank befand sich noch ein tiefgefrorenes Hähnchen, das kam dann morgen dran.

Am späten Nachmittag rief Christoph Goos an.

»Ich wollte mich erkundigen, gnädige Frau, wie es Ihnen geht. Ob Sie den Rest der Nacht gut geschlafen haben.«

»Habe ich, danke.«

»Und Cornelia?«

»Herr . . . Herr . . .«

»Goos. Dr. Goos.«

»Herr Dr. Goos, Sie haben eine Art Wunder vollbracht. Ich habe das Gefühl, ich sollte Ihnen einen Orden umhängen oder irgendwas in der Art. Ich wage aber noch nicht zu hoffen, daß die Rückverwandlung von Cornelia in einen normalen Menschen von Dauer ist.«

»Da hätte ich keine Bedenken«, meinte Christoph ruhig. »Ich glaube, sie wird wieder. Hat sie Ihnen erzählt, wie das gelaufen ist heute nacht?«

»Ziemlich ausführlich. Ich weiß gar nicht, wie ich Ihnen danken soll. Sie hätten nicht Tierarzt, sondern Psychologe werden sollen.«

»Das muß ein Arzt sowieso sein, egal, ob er Menschen oder Tiere behandelt. Und ein wenig müssen wir es wohl alle sein, wenn wir miteinander auskommen wollen.«

»Was mich betrifft, ich habe versagt. Für mich war Cornelia unerreichbar geworden.«

»Und heute konnten Sie mit ihr sprechen?«

»Ja.«

»Na, das freut mich. Kann ich gar nicht sagen, wie mich das freut.«

»Wollen Sie mit ihr sprechen? Sie ist da, sie ist in ihrem Zimmer.«

»Grüßen Sie sie von mir. Ich kann ja wieder mal anrufen, wenn ich darf.«

»Ich hätte einen Vorschlag«, sagte Sabine kühn. »Wie wär's denn, wenn Sie morgen nachmittag zu uns zum Kaffee kommen? Ich gestehe, ich bin neugierig auf Sie. Unsere Bekanntschaft in der letzten Nacht war ja doch sehr ... nun, sehr flüchtig. Morgen nachmittag um halb fünf? Ich backe auch einen Kuchen.«

»Da kann ich schwer widerstehen.«

»Mit Sauerkirschen. Mögen Sie die?«

»Leidenschaftlich. Macht meine Mutter auch immer.«

»Ich werde mir Mühe geben.«

»Vielen Dank, gnädige Frau. Ich komme sehr gern.«

Mit einem tiefen Seufzer legte Sabine den Hörer hin. So war das goldrichtig. Erstens mußte sie diesen Mann kennenlernen. Und zweitens konnte er nicht wieder aus ihrem Leben verschwinden, nachdem er für Cornelia so wichtig und hilfreich gewesen war.

Sie ging zu Cornelias Zimmer und steckte den Kopf hinein. »Dein Retter hat angerufen.«

»Jetzt? Als es vorhin geklingelt hat?« Cornelia sprang auf, das Buch, in dem sie gelesen hatte, fiel zu Boden.

»Ich habe ihn für morgen nachmittag zum Kaffee eingeladen.«

»Du hast ...«

»Hm. Trifft sich ganz gut, daß Jost nicht da ist. Ich muß diesen Christoph aus der Nähe betrachten. Doktor ist er auch schon.«

»Ach Gott!« sagte Cornelia in ziemlich belämmertem Ton.

»Was ist? Paßt es dir nicht, daß er kommt?«

»Doch, schon. Aber irgendwie ... na ja, komisch ist das schon. Irgendwie schäme ich mich auch.«

»Das macht gar nichts, dazu hast du allen Grund.«

Das konnte Sabine jetzt schon wieder sagen, ohne Angst zu haben, falsch verstanden zu werden.

Und wie normal Cornelia schon wieder war, bewies ihr nächster Satz.

»Da muß ich morgen vormittag Kuchen holen.«

»Ich backe einen Kuchen. Mürbteig, Sauerkirschen, Streusel drauf.«

»Mhm! Hast du lange nicht gemacht.«

»Wenn ich es gemacht hätte, mein Kind, hättest du es gar nicht gemerkt.«

Sie sahen sich an.

»Ach Mami«, sagte Cornelia. Und dann lächelte sie.

Seit langer, langer Zeit sah Sabine sie das erstemal wieder lächeln.

Christoph

Christoph, der Wundertäter, kam pünktlich zehn Minuten nach halb fünf, wie sich das für einen wohlerzogenen Menschen gehört, denn Besucher, die allzu pünktlich sind, kommen meist zu früh. Er trug einen ordentlichen hellgrauen Anzug, ein weißes Hemd und sogar eine Krawatte. Die hatte er vorgestern nacht nicht umgehabt. Sein Haar war gebürstet und wirkte nicht so widerspenstig. Er sah nicht aus wie ein Engel, sondern wie ein ganz normaler netter junger Mann. Er küßte Sabine die Hand und überreichte ihr einen Blumenstrauß.

»Oh, danke«, sagte Sabine. »Wo bekommen Sie so etwas am Sonntag? Im Sommer haben die Blumengeschäfte doch am Sonntagvormittag geschlossen.«

»Am Bahnhof bekommt man immer Blumen«, erwiderte Christoph sachlich.

»Sie sind extra an den Bahnhof gefahren?«

»Das wäre keine besondere Heldentat. Aber ich wollte damit nur sagen, daß man für gewöhnlich einen benötigten Blumenstrauß sonntags am Bahnhof bekommt. Bei mir liegt der Fall anders, denn in dem Haus, in dem ich wohne, ist unten ein Blumenladen. Und die Blumenladenbesitzerin wohnt im Parterre. Also habe ich heute vormittag bei ihr geklingelt.«

»Aha.«

Cornelia, die diesem Begrüßungsgeschwätz schweigend gelauscht hatte, gackerte albern.

»Ein benötigter Blumenstrauß«, wiederholte sie, »das klingt fabelhaft.«

Christoph musterte sie aufmerksam.

»Dir geht es offenbar auch fabelhaft, wenn du einen eingeladenen Sonntagsnachmittagsgast auf die Schippe nimmst.«

Es war nicht schwer, mit Christoph ins Gespräch zu kommen, diese Erfahrung machte Sabine auch. Er war unbefangen, aufgeschlossen, vielseitig interessiert, dabei von freundlicher Gelassenheit – man konnte mit ihm über jedes Thema sprechen. Über Stadt und Land, über Politik, über die Arbeit eines Architekten oder die eines Tierarztes, über Sebastian und anderer Leute Kinder, über das Leben in Bayern, in Holstein oder anderswo, und natürlich über Tiere. Sogar über Jella. Ganz einfach so, als sei Jella ein gewöhnliches Lebewesen wie alle andern auch. Cornelia zeigte ihm sogar die Bilder, die im Laufe der Zeit von Jella hergestellt worden waren.

»Ein Klassepferd«, sagte Christoph anerkennend. »Wie alt ist sie?«

»Sieben.«

»Du siehst gut aus im Sattel. Erstklassiger Sitz.«

»Ja?« Cornelia blickte ihn eifrig an. Sie sah hübsch aus, lebendig, angeregt, und redete wie ein ganz normaler Mensch.

Sabine kam aus dem Staunen nicht heraus. Ein wenig war sie sogar eifersüchtig auf diesen Christoph. Wie hatte er das bloß fertiggebracht, fremder Mensch, der er war. Nicht zu vergessen den Kirschkuchen. Über den zum Beispiel äußerte sich Christoph ausführlich. Er aß drei Stück. Mit Sahne. Er sagte, so gut habe ihm lange nichts mehr geschmeckt. Mit einem Wort: es war ein Idyll.

Ein Sonntagnachmittagsidyll erster Klasse.

Wenn man daran dachte, was sich in den letzten Monaten, noch vor zwei Tagen, in diesem Haus, in dieser Familie abgespielt hatte, kam man sich vor wie in einem unwirklichen Traum.

Sabine kam sich so vor. Immer wieder betrachtete sie ihren Gast und fragte sich, was denn eigentlich so Besonderes an ihm sei.

Cornelia hätte sich so vorkommen müssen, aber sie war viel zu angeregt, um sich noch an ihre Zustände von vor zwei Tagen zu erinnern.

Übrigens fühlte sich auch Sebastian zu dem fremden Mann hingezogen. Er war schon ziemlich bald gekommen, hatte Christoph lange Geschichten erzählt, dann brachte er seine Spielsachen angeschleppt und schließlich saß er auf Christophs Schoß. Und da wollte er auch bleiben. Sabine versuchte ihn fortzulokken.

»Basti, komm«, sagte sie, »du spielst jetzt wieder ein bißchen. Laß Christoph in Ruhe.«

»Chistof nich Ruhe«, erwiderte Sebastian.

»Lassen Sie ihn nur, gnädige Frau«, sagte Christoph, »ich bin an Kinder gewöhnt. Wir sind eine Riesenfamilie. Sie würden es nicht für möglich halten, wieviel Onkel und Tanten und Vettern und Basen ein Mensch haben kann. Und alle haben sie Kinder. Meine Eltern stammen beide aus kinderreichen Familien. War immer schwer, alle auseinanderzuhalten. Und dann kommen noch die Kinder aus dem Dorf und wimmeln im Haus oder im Garten herum. Wir haben sehr viel Obst im Garten, und meine Mutter macht herrliche Gelees, und dann bäckt sie wieder, und das wissen die Kinder ganz genau. Die neue Produktion der Familie ist auch schon angelaufen; seit mein ältester Bruder verheiratet ist, hat er ein Kind nach dem anderen gekriegt. Als ich das letztemal dort war, waren es drei.«

»Das muß schön sein«, sagte Cornelia versonnen.

»Was?«

»Na, so eine große Familie.«

»Auf jeden Fall wird einem nie langweilig. Und man kommt sich auch nie verlassen vor. Ich finde, du kannst froh sein, daß du den kleinen Bruder noch hast.«

Cornelia blickte auf Sebastian, der mit hochzufriedener Miene auf Christophs Schoß thronte. Monatelang hatte sie keinen Blick für den kleinen Bruder gehabt. Auf dem Schoß gehabt hatte sie ihn schon gar nicht. Und eigentlich hatte sie sich nie viel aus ihm gemacht.

»Erzählen Sie mir von Holstein«, sagte Sabine.

»Kennen Sie es denn nicht?«

»Nein.«

»Kann das wohl möglich sein? Es ist das schönste Land der Welt, und Sie kennen es nicht.«

»Mein Vater war Holsteiner.«

Als Sabine diesen Satz ausgesprochen hatte, wunderte sie sich. Warum sprach sie in der Vergangenheitsform? »Er ist Holsteiner, meine ich. Aus Eutin.«

»Das ist gar nicht weit weg von uns. Dann ist Cornelia ja eine halbe Holsteiner Deern. Und Sie sowieso, gnädige Frau.«

Er strahlte sie an, als habe er zwei Märchenprinzessinnen entdeckt.

Außerdem schien er wirklich ein seltsames Talent zu besitzen, Menschen zum Sprechen zu bringen. Sabine, die seit Jahren nicht mehr von ihrem Vater gesprochen, kaum mehr an ihn gedacht hatte, begann von ihm zu erzählen. Das wenige, das sie wußte.

»Eversen, Eversen«, überlegte Christoph. »Also das ist mir so, als ob ich den Namen gehört hätte. Muß ich meinen Vater fragen. Der ist ja auch in Eutin ins Gymnasium gegangen.«

Sabine wurde ganz aufgeregt.

»Meinen Sie wirklich, Christoph, daß Ihr Vater etwas wissen könnte?«

Sie nannte ihn auch ganz selbstverständlich Christoph, diesen fremden Mann, den sie vor zwei Tagen noch nicht kannte.

Als Jost gegen Abend anrief, glaubte er seinen Ohren nicht zu trauen. Sabine sprach so lebhaft am Telefon, sie lachte fröhlich, ganz wie in früheren Zeiten.

»Offenbar geht's dir gut«, sagte er vorsichtig.

»Mir geht's prima. Und Cornelia auch. Ach, Jost, ich bin so froh. Ich will's ja nicht beschreien, aber . . . ich kann es dir jetzt nicht erzählen, sie sitzen auf dem Balkon und können mich hören.«

»Wer sie?«

»Christoph und Cornelia.«

»Wer ist Christoph? Habt ihr denn Besuch?«

»Ja. Bist du am Abend im Hotel? Ich ruf dich an, ja? Tschüs, Liebling.«

Sabine wie früher. Jost legte nachdenklich den Hörer auf. Hatte er etwas verpaßt, als er nicht nach Hause fuhr? Es wurde abends halb elf, bis Sabine ihn anrief. Und da hatte sie viel zu erzählen.

Denn bis Christoph nach Hause ging, und er ging lange nicht, erst nach zehn, gab es noch eine Überraschung. Sie hatten zu Abend gegessen, Christoph hatte zwar gesagt: »Ich war zum Kaffee eingeladen, von Abendessen war nicht die Rede«, aber er blieb gern, und beide Damen fühlten sich bestens unterhalten. Ganz zu schweigen von Sebastian, der sich weigerte, ins Bett zu gehen.

Lange redeten sie von Jella. Das heißt Cornelia redete. Monatelang durfte kein Mensch in ihrer Gegenwart Jella auch nur erwähnen. Aber jetzt erzählte sie alles, was sie mit Jella erlebt hatte, rauf und runter, vorwärts und rückwärts.

Christoph war ein verständiger Zuhörer. Von Pferden verstand er eine ganze Menge.

Ein eigenes Pferd hätte er zwar nie gehabt, sagte er, aber er sei trotzdem von Kindheit an mit Pferden aufgewachsen. Sein bester Freund war der Sohn von einem großen Gut, das zu ihrem Dorf gehörte. Und dort hatten sie immer Pferde gezüchtet.

»Nicht viel, eine kleine Zucht. Aber die ganze Familie versteht etwas davon. Alle reiten. Jens hat schon viele Turniere gewonnen. Ich nur einmal. Es war mehr ein Zufall. Oder sagen wir mal, das Pferd war so gut. Das war Jonathan. Ein Superpferd. Jens lag mit einer Blutvergiftung im Krankenhaus, und er sagte, ich solle man ruhig mit Jonathan starten. Das war vielleicht eine Schau. Es war nach meinem zweiten Semester, ich war gar nicht im Training. Aber auf Jonathan braucht man sich nur draufzusetzen und die Augen zuzumachen. Der kann das alles allein.«

Das waren Geschichten. Cornelia hörte mit roten Wangen zu. Reiten konnte Christoph auch, sogar Turniere.

Aber daran hatte sie sowieso nicht gezweifelt, daß er das konnte.

»Eigentlich wollte ich immer mal hier in eure Reitschule kommen und wieder reiten. Aber ich habe so viel zu tun und wenig Zeit. Und dann – na ja, ein Pferd kann ich mir nicht leisten, und Verleihpferde, das ist so eine Sache. Schade, daß deine Jella nicht mehr da ist. Da ließest du mich vielleicht mal reiten.«

Sabine hielt den Atem an. Was passierte jetzt?

Gar nichts passierte. Cornelia sagte eifrig: »Echt schade. Du wärst prima mit ihr hingekommen.«

Und dann, wie das offenbar bei Christoph so üblich war, landete er einen dicken Knüller.

Ganz gelassen, wie es so seine Art war, fragte er: »Warum besuchst du eigentlich deine Jella nicht mal?«

Nun schwieg Cornelia. Ihre Augen wurden groß.

»Besuchen?« sagte sie leise.

»Klar doch. Du hast doch Ferien. Fahr hin und besuch die Jella. Reiten kannst du dort auch. Das sind prima Kumpels dort auf Campwort.«

»Aber sie ist nicht mehr mein Pferd.«

»Na und? Deswegen brauchst du doch nicht so treulos zu sein.«

Peng!

Sabine sah ihren Gast von der Seite an. Was der so für Einfälle hatte! Darauf waren sie nicht gekommen. Aber wie hätte Cornelia sich wohl aufgeführt, wenn man ihr diesen Vorschlag gemacht hätte.

»Am besten fährst du gleich mit mir«, entwickelte Christoph den Plan weiter auf seine ruhige gelassene Art, die keinerlei Erregung bei den Zuhörern aufkommen ließ. »Ich hab nämlich ab nächsten Freitag Urlaub. Nicht lange, vierzehn Tage. Besser als gar nichts. Und da geht es schleunigst ab nach Holstein. Du kommst einfach mit. Du kannst bei meinen Eltern wohnen oder sonst irgendwo bei der Verwandtschaft. Ich sag dir ja, wir sind ein Riesenverein. Da hat jeder ein Zimmer für einen Gast aus

München. Und du hast doch noch Ferien, nicht? Dann besuchen wir Jella. Von uns aus bis nach Campwort, na ja, mit dem Auto zehn Minuten bis eine Viertelstunde. Mit dem Rad natürlich entsprechend länger.«

Das war ein Hammer!

»Mami!« rief Cornelia und blickte Sabine fassungslos an.

Darum begann Sabines lange Telefonerzählung mit den Worten: »Cornelia fährt nächste Woche nach Holstein. Zu Jella.«

»Waaas???« schrie Jost am anderen Ende.

»Schrei doch nicht so! Mir platzt ja das Trommelfell. Hast du nicht verstanden? Sie fährt nach Holstein. Mit Christoph.«

»Wer zum Donnerwetter ist denn dieser Christoph?«

»Hör zu, Geliebter, ich fange mal mit dem Anfang an.«

Ein langes Gespräch. Zweimal wurden sie unterbrochen, vermutlich benötigten in dem Hotel, in dem Jost wohnte, auch noch andere Leute die Leitung. Aber Sabine wählte unverdrossen neu und redete weiter.

»Mir kommt es vor, als seist du jetzt auch übergeschnappt«, sagte Jost schließlich. »Du kannst doch Cornelia nicht mit einem wildfremden Menschen in die Gegend fahren lassen.«

»Mit Christoph schon.«

»Christoph! Christoph! Hat dieser Mensch eigentlich noch einen anderen Namen?«

»Goos. Hab ich doch gesagt.«

»Hast du nicht.«

»Also dann sage ich es jetzt. Dr. Christoph Goos. Tierarzt, hat hier an der Universitätsklinik seine erste Assistentenstelle. Sein Vater ist Pfarrer in einem Dorf in Ostholstein.«

»Auch Söhne von Pfarrern können üble Burschen sein.«

»Christoph nicht. Du kennst Christoph nicht.«

»Ich kenne ihn, als hätte ich ihn aufgezogen, so wie du ihn mir geschildert hast. Aber ich werde ihn mir ansehen, darauf kannst du dich verlassen. Ohne meine Einwilligung fährt Cornelia nicht. Ist das klar?«

»Ja, Geliebter. Wann kommst du?«

»Nächstes Wochenende.«

»Sie wollen aber Samstag früh schon fahren.«

»Sie werden fahren, wenn ich es erlaube. Sabine, ich zweifle an deinem Verstand. Hast du denn gar kein Verantwortungsgefühl? Cornelia ist erst sechzehn.«

»Christoph . . .« begann Sabine, aber Jost unterbrach sie ungeduldig.

»Ja, ja, ich weiß. Christoph ist ein Heiliger. So eine Art Mischung aus St. Michael und St. Franziskus. So was in der Art.«

»Nö, würde ich nicht sagen. Ein sehr moderner junger Mann. Aber eben nicht so einer.«

»Was heißt nicht so einer?«

»So einer, wie du denkst.«

»Sabine, ich glaube nicht, daß du das beurteilen kannst.«

»Jost, du wirst lachen, ich kann es.«

Jost kam Donnerstag abend nach Hause. Und eine Stunde später fand sich Christoph ein, zum Abendessen geladen. Mit dem fertigen Reiseplan.

»Also, ich habe mir gedacht, wir fahren Sonnabend bis Göttingen«, sagte er. »Ich hab ja nur ein bescheidenes Auto, so schnell kann man damit nicht fahren.«

»Das hätte ich auch gar nicht gern«, warf Sabine ein.

»Dachte ich mir. In Göttingen habe ich Onkel und Tante. Ich sagte ja schon, daß wir eine Riesenfamilie sind. Hier handelt es sich um die Schwester meiner Mutter, die mit einem Professor der Universität Göttingen verheiratet ist. Sehr netter Mann. Physik. Die haben ein wunderschönes Haus, direkt am Stadtforst gelegen. Kann man stundenlang spazierengehen. Aber das wollen wir ja gar nicht. Ich habe Tante Gela schon angerufen, daß wir kommen und bei ihr übernachten wollen. Sie freut sich sehr. Nächsten Tag ist dann die Fahrt nicht mehr so lang. Ich möchte nicht erst spät am Abend ankommen. Nachmittag rum ist besser, da kann man noch was anfangen mit dem Tag. Für abends habe ich bei meiner Mutter Sauerfleisch und Bratkartoffeln bestellt.«

»Was ist das denn?« fragte Jost mißtrauisch.

»Wollen Sie etwa sagen, Sie kennen Holsteiner Sauerfleisch nicht? Wissen Sie überhaupt, was Sie entbehren?«

Mit Jost und Christoph war das auf Anhieb gut gegangen. Sie unterhielten sich von vornherein so lebhaft, als ob sie sich seit Jahren kennen würden.

»Wohnen wird Cornelia bei Tante Kathrinchen«, fuhr Christoph fort. »Bei uns ist zur Zeit kein Platz. Mein jüngster Bruder ist da, der studiert ja noch, und hat seine Freundin dabei. Und ich muß ja auch irgendwo schlafen.«

Sabine warf Jost einen amüsierten Blick zu. Hatte er noch Bedenken? Es sah nicht so aus.

»Wer ist Tante Kathrinchen?« fragte Sabine liebenswürdig. »Ich meine, welcher Seite gehört sie an, väterlich oder mütterlich.«

»Gar nicht. Tante Kathrinchen ist ausnahmsweise nicht mit uns verwandt. Sie ist eine Jugendfreundin meiner Mutter. Ihr Mann ist im Krieg gefallen und Kinder hatte sie nicht, also gehörte sie immer bei uns zur Familie. Sie kann sehr schön Orgel spielen und spielt bei Vater in der Kirche. Und sie hält die Sonntagsschule für die Kinder. Und macht Krankenbesuche. Und kümmert sich um Alte. Sie macht alles in der Gemeinde, wozu der Pastor nicht kommt. Und sie ist eine sehr energische Dame. Einmal, als einer bei uns im Dorf eingesperrt wurde, weil es hieß, er hätte gestohlen, und es sah auch wirklich so aus, da ging sie bis nach Kiel ins Ministerium. Der Klaas, der klaut nich, erzählte sie denen dort. ›Den kenn ich, seit er auf der Welt ist. Dem hätt ich man den Hintern versohlt, wenn der je was weggenommen hätte.‹ Und dann nahm sie von ihrem Geld einen Anwalt und gab nicht eher Ruhe, bis der Klaas frei war. Und bis seine Unschuld bewiesen war.«

Christoph sah glücklich aus. Im Geist war er offenbar schon dort.

Sie empfanden es alle drei: Jost, Sabine und Cornelia. Hier war ein Mensch, der eine Heimat hatte. Der sie liebte.

»Sehr tugendsam ist Tante Kathrinchen auch. Ich weiß jetzt schon, daß ich Cornelia spätestens jeden Abend um zehn Uhr abgeliefert haben muß.«

Ehe er ging, sagte Christoph leise zu Sabine: »Und vergessen Sie nicht, mir Cornelias Stiefel und Reithosen mitzugeben. Man kann ja nicht wissen. Vielleicht bricht sie ihren Schwur doch.«

Als Sabine und Jost allein waren, fragte Sabine: »Na?«

»Ein erstaunlicher Bursche. Er spricht ganz ruhig und guckt einen so friedlich-freundlich an, und trotzdem geht von ihm eine enorme Kraft aus. So etwas Überzeugendes. Ich weiß auch nicht, wie man das beschreiben soll. Ich könnte mir vorstellen, wenn ich Pferd oder Hund oder Ochse wäre, daß ich mich gern von ihm behandeln ließe.«

Darüber mußte Sabine so lachen, daß sie Tränen in die Augen bekam.

Jost nahm sie in die Arme.

»Mein geliebtes Mädchen, du lachst wieder! Wie mich das glücklich macht. Meinst du, daß es wieder besser wird mit uns?«

»Es ist schon besser geworden. Und ich glaube nicht, daß Cornelia rückfällig wird.« Sie legte ihre Wange an seine. »Jetzt werden wir alle wieder gesund. Ach, Jost.«

Samstag vormittag um zehn starteten Cornelia und Christoph in Richtung Norden.

Sabine war nun doch etwas zweierlei zumute. Nicht, daß sie Bedenken gehabt hätte, Christoph würde bestimmt gut auf Cornelia aufpassen, da war sie sicher.

Es war nur, weil Cornelia allein fortfuhr. Zum erstenmal.

Die Reise

Für Cornelia war das Ganze eine Art Schocktherapie. Hinter ihr lagen die Monate der Verbiesterung, der Verweigerung, die Monate der Trauer, der Schwermut, der Verzweiflung. Freiwillig war sie aus dem tiefen See von Schwermut nicht aufgetaucht, sondern plötzlich war einer da, der sie am Schopf packte und herauszog. Herausriß, sollte man besser sagen, mit einem Ruck und einem Zuck, und ohne daß er sich die Mühe nahm, sie lange trockenzureiben, schmiß er sie an Land, nahm ihre Hand und rief: »So, nun lauf mit! Aber schnell.«

Cornelia kam nicht dazu, nachzudenken oder zurückzublikken. Kam nicht dazu, ihre Wunden zu lecken und ihre Tränen zu trocknen. Der Wind blies ihr voll ins Gesicht, ein frischer, lebendiger Wind.

Dazu kamen die neuen Eindrücke, kam die neue Selbständigkeit, die ihr abverlangt wurde, denn Christoph betrachtete sich nicht als Kindermädchen, sie mußte ganz allein für sich sorgen.

Die Fahrt in Richtung Norden verlief ohne Zwischenfall. Das Wetter war ein wenig trüb, zum Fahren gerade angenehm, wie Christoph fand. Er fuhr in gleichmäßigem Tempo, machte hier und da eine Bemerkung zur Landschaft oder über die Städte und Orte, an denen sie vorüberfuhren, manchmal schwieg er vor sich hin, und manchmal sang er. In einer Raststätte aßen sie ein Paar Würstchen und tranken eine Limo. Am Nachmittag gegen halb fünf trafen sie in Göttingen ein.

Zu diesem Zeitpunkt war Christoph für Cornelia schon ein sehr vertrauter Mensch: seine festen kräftigen Hände, die das Steuer hielten, sein Profil, das etwas Kühnes, Verwegenes hatte, was man seinem freundlichen Lächeln von vorn gar nicht anmerkte, sein ewig verstrubbelter hellbrauner Haarschopf, die rasche Wendung, mit der er sich manchmal zu ihr drehte, wenn er etwas erzählte.

Mindestens achtzig Kilometer lang unterhielt er sie mit der schwierigen Operation an einem Schimpansen, an der er vor acht Wochen teilgenommen hatte. Der Schimpanse war aus dem Münchner Tierpark Hellabrunn zu ihnen gebracht worden, er hatte eine böse Geschwulst im Leib, das Tier war sehr krank gewesen, hatte viel Gewicht verloren, und zuletzt war es bösartig geworden, griff seinen Wärter an, biß die anderen Tiere, so daß man es separieren mußte.

Die Frage war gewesen: Einschläfern oder operieren. Man hatte operiert. Erfolgreich.

Christoph, der zur Zeit in der Chirurgischen Abteilung der Universitätstierklinik arbeitete, hatte bei der Operation assistiert. Zunächst pries er den Professor, seinen derzeitigen Chef, der die Operation durchgeführt hatte. Dann lobte er den Oberarzt, der ein Muster an Geduld und Einfühlungsvermögen in die Tierseele sei.

»Ich habe viel gelernt bei den beiden, seit ich hier bin«, das sagte er mehrmals.

Nach der Operation mußte man noch geraume Zeit um das Leben des Affen bangen. Er hatte Schmerzen und litt unter den Schmerzen wie ein Mensch.

»Eigentlich noch mehr«, sagte Christoph, »denn einem Menschen kann man erklären, warum er Schmerzen hat. Er weiß, was mit ihm geschehen ist. Und daß man ihm helfen will. Und durch die Operation ja auch geholfen hat. Das heißt, Seppi wußte auch, daß man ihm geholfen hatte. Er strich sich manchmal mit der Hand über seinen Bauch, über den Verband. Und dann ließ er die Hand da liegen, seufzte und machte die Augen zu. So, als wollte er sagen, Gott sei Dank, das gräßliche Ding bin ich los. Bösartig war er gar nicht mehr, auch nicht, wenn er Schmerzen hatte. Geduldig wie ein Märtyrer ließ er alles über sich ergehen. Er wollte bloß immer, daß man eine Weile bei ihm blieb. Ich mußte mich neben ihn setzen, seine Hand nehmen, und dann hielt er meine Hand ganz fest, und es schien, als sei ihm das ein Trost. Der Bursche hat mich richtig gerührt.«

»Und ist er jetzt wieder gesund?«

»Ja. Sonst wäre ich nicht weggefahren. Er ist jetzt zur Nachbehandlung auf einer anderen Station, kriegt Diätkost und wird beobachtet. Gestern habe ich ihn besucht und ihm gesagt, daß ich wegfahre, und er soll schön brav sein. Da hat er richtig gelacht.«

»Eigentlich ist es ein schöner Beruf. Tierarzt, meine ich«, sagte Cornelia.

»Kann man sagen. Ich kann mir keinen schöneren denken.«

Dann also Onkel und Tante in Göttingen, der Physikprofessor und seine Frau Angela. Er, klein und rundlich, eine mächtige Stirn, kluge Augen. Sie sehr schlank und zierlich, dunkles Haar und tiefblaue Augen, eine sehr hübsche Frau. Sie trug helle Leinenhosen und eine blaue Polobluse, sie sah aus wie ein junges Mädchen.

Cornelia wußte nicht, was Christoph berichtet hatte, als er ihren Besuch anmeldete, aber Tante Gela schien es ganz normal zu finden, daß ein junges Mädchen aus München in ihrem Haus übernachtete. Es war übrigens ein großes, sehr feudales Haus, nahe am Wald gelegen. Nach ihrer Ankunft bekamen sie Tee, dann wurden sie auf ihre Zimmer geschickt, ein Bad wurde empfohlen nach der langen Fahrt.

»Wenn ihr dann Lust habt, kommt ihr runter zu einem Drink. Abendbrot gibt es um halb acht.«

Cornelia bewohnte ein komfortabel eingerichtetes Gastzimmer im ersten Stock und hatte ein eigenes Badezimmer zur Verfügung. Christoph bekam das Zimmer des Sohnes, der in Amerika studierte.

Zum Abendessen gab es Tomatensuppe, Sahneschnitzel mit Blumenkohl, dann Obstsalat. Es schmeckte hervorragend, auch der Wein in diesem Haus war gut.

Dann mußte Cornelia in München anrufen, die Verbindung stellte die Frau Professor selbst her, denn, so sagte sie: »Deine Leute sollen auch wissen, bei wem du gelandet bist.«

Und darum meldete sie sich auch mit dem vollen Titel ihres Mannes.

Sie sprach ein paar Worte mit Sabine, berichtete, daß die Reisenden gut gelandet seien und soeben gespeist hätten. Christoph lag derweil in einen Sessel hingelümmelt und grinste.

»Siehst du«, sagte er zu Cornelia, »so ist meine Familie. Die denken immer an alles. Und die wissen auch immer ganz genau, was andere denken. Tante Gela kann sich genau vorstellen, was deine Mutter empfindet, wenn ihre Tochter das erstemal allein auf Reisen geht. Noch dazu mit Kerl. Drum mimt sie jetzt die ehrbare Frau Professor am Telefon.«

Cornelia hätte ihm gern gesagt, daß er genau in diese Familie passe, denn er wisse ja offenbar auch immer genau, was andere denken, aber dazu kam sie nicht. Christoph gab ihr einen Schubs und sagte: »Los, dein Typ wird verlangt. Grüß deine Mutter von mir.«

Cornelia sprach also mit Sabine, kurz nur, ja, es war alles gut gegangen, nein, nicht allzuviel Verkehr, die Fahrt war reibungslos verlaufen, ja, hier sei es prima; so in der Art spielte sich das ab.

Nicht zu spät gingen sie schlafen, Cornelia war müde, der Tag war ungewöhnlich gewesen.

Am nächsten Morgen bekamen sie ein reichliches Frühstück: Eier, Quark, Schinken, Wurst und Käse, dazu Kaffee oder Tee zur Auswahl, die Frau Professor trank Tee, der Herr Professor Kaffee, also standen zwei Kannen auf dem Frühstückstisch, der im übrigen auf der Terrasse im Freien gedeckt war, denn das Wetter war über Nacht ganz prächtig geworden.

Christoph frühstückte dreiviertel Stunden lang, und Tante Gela, die ihm schließlich nur noch staunend zusah, sagte: »Eine beachtliche Leistung. Wo ißt du das bloß hin? Eigentlich müßtest du dreimal so dick sein.«

»Erstens frühstücke ich nicht jeden Morgen in dieser Qualität und Quantität«, erwiderte Christoph, »und zweitens ist es auch nicht die feine Art, seinen Gästen vorzuschmeißen, daß sie zuviel essen.«

Er hatte auch Cornelia ermuntert, tüchtig zuzugreifen, denn, so sagte er: »Wir fahren durch. Mittagessen fällt flach.«

»Du kannst das Kind doch nicht hungern lassen, bis ihr ankommt«, empörte sich Tante Gela. »Ich werde euch ein paar Brote mitgeben.«

»Bitte nicht. Das Kind verhungert schon nicht, so weit ist die Fahrt auch nicht mehr. Und ich mache dich darauf aufmerksam, daß heute Sonntag ist, also hat Mutter Kuchen gebacken, und da sie weiß, daß wir kommen, mindestens zwei, wenn nicht gar drei verschiedene Sorten. Den müssen wir essen, wenn wir ankommen. Und abends gibt es Sauerfleisch und Bratkartoffeln, das müssen wir auch noch verkraften.«

»Das traue ich dir ohne weiteres zu. Du hast dich ganz schön aufgemöbelt, seit ich dich das letztemal gesehen habe.«

»Zufriedenstellend?« fragte Christoph eitel.

»Das werde ich dir gerade auf die Nase binden. Ihr Männer seid sowieso eingebildet genug.«

»Vermutlich wirst du jetzt gleich ans Telefon eilen, wenn wir fort sind, und Mutter Bericht erstatten, was ihr da so ins Haus steht.«

»Worauf du dich verlassen kannst, du Lümmel.« Tante Gela blickte auf die Uhr. »Und zwar solange dein Vater noch in der Kirche ist, da hat Carola wenigstens Zeit zum Reden. Sie müssen nämlich wissen, Cornelia, in dem Haus dort gibt es ulkige Bräuche. Wenn meine Schwester nicht im Gottesdienst war, was öfter vorkommt, denn sie kennt das ja nun schon alles auswendig und außerdem hat sie zu tun, Kuchenbacken und so, wie wir eben gehört haben, dann steuert mein Schwager sie eilends an, wenn er alle Leute losgeworden ist, und erzählt ihr genau, was er gepredigt hat. Man kann sagen, er wiederholt die Predigt. Kommentiert sie noch dazu. Berichtet von dem Eindruck, die sie seiner

Ansicht nach auf seine Schäfchen gemacht hat. Das macht die Frau jetzt schon über dreißig Jahre mit. Ich finde es bewundernswert.«

»Da hast du es freilich besser«, ließ sich der Professor vernehmen. »Ich repetiere meine Vorlesungen nie in deiner Gegenwart.«

»Weil du weißt, daß es sinnlos wäre. Ich verstehe sowieso nichts von dem Kram. Wollen Sie glauben, Cornelia, ich habe bis heute nicht kapiert, wie das elektrische Licht funktioniert, um nur mal was ganz Einfaches zu nennen. Ich hab das auch mal in der Schule gelernt. Aber das lief durch meinen Kopf durch wie durch ein Sieb.«

»Das waren drei durch in einem Satz. Einen Germanisten hättest du auch nicht heiraten dürfen«, meinte der Professor.

»Wieso? Was war denn falsch an dem Satz? Cornelia, war das falsch?«

Cornelia lachte und schüttelte den Kopf.

»Es war sehr einprägsam«, sagte sie.

»Seht ihr! Jeder normale Mensch kann das verstehen. Akademische Männer haben immer so verdrehte Ansichten. Übrigens, Chris, wird es deine Mutter sehr witzig finden, daß du jetzt auch noch mit einem Mädchen angefahren kommst. Dein Bruder hat seine Freundin mitgebracht, das weißt du ja.«

»Das weiß ich«, sagte Christoph in seiner gelassenen Art und mit freundlicher Miene. »Aber unser Fall liegt anders.«

»Sicher, weiß ich ja. Ist bloß komisch, wollte ich sagen. Übrigens ist deine Mutter nicht sehr beglückt über das, was sich Michael da angelacht hat.«

»Auch das ist mir bekannt. Aber ich kann meine Meinung erst äußern, wenn ich eine habe.«

»Du redest wie 'n Schulmeister.«

Sie lachten alle noch herzhaft zum Schluß, und dann ging die Fahrt weiter.

Es war Sonntag, schönes Wetter, noch Ferienzeit, viel Betrieb auf den Straßen.

Christoph fuhr konzentriert und in ruhigem Tempo. Dabei erzählte er von seiner Familie. So zum Beispiel, daß seine Mutter und ihre Schwester Gela ein Herz und eine Seele seien.

»Manchmal setzt sich Tante Gela in ihren Wagen und fährt eben mal hin. Sie ist eine rasante Fahrerin. Ich mache immer die Augen zu, wenn ich neben ihr sitze.«

»Ich finde sie furchtbar nett. Und so hübsch.«

»Es gibt noch eine Schwester, Tante Miranda. Ehrlich, sie heißt wirklich so. In der Familie nennt man sie Randy. Die ist zum Kummer von Mutter und Tante Gela weiter weg, sie lebt in Kalifornien. Ist dort blendend verheiratet. Ich hab sie schon zweimal besucht.«

»Das finde ich toll.«

»Was?«

»Daß du schon in Amerika warst.«

»Na, so toll ist das heute auch nicht mehr. Aber wenn du mich fragst, ich fahre am liebsten nach Holstein. Na, und dann hat Mutter noch zwei Brüder. Einer ist in Hamburg, der andere in Kopenhagen. Eigentlich waren es drei, einer ist im Krieg gefallen.«

Allerhand Familie, dachte Cornelia. So was mußte unheimlich unterhaltend sein für ein Kind, wenn es heranwuchs; vielleicht war Christoph auch darum so selbstsicher, so in sich ruhend. Wenn er sich mit allen so gut verstand wie mit Tante Gela.

Ein wenig bang war Cornelia bei dem Gedanken an den Herrn Pastor und seine Frau. Wie die wohl sein mochten?

Aber da hätte sie keine Bedenken haben müssen. Sie waren beide ganz anders, als sie sich das vorgestellt hatte. Und sie waren beide ein wenig wie Christoph. Oder besser gesagt, Christoph war eine gelungene Mischung aus den beiden Menschen, die seine Eltern waren.

Martin Goos, der Pastor von Klüssen, hatte die gleiche Körpergröße wie sein Sohn, die gleiche breite kluge Stirn, das gleiche dichte verstrubbelte Haar, nur daß es bei ihm schon grau gesprenkelt war. Er hatte auch die gleichen aufmerksamen grauen Augen, denen nichts entging.

Die Frau Pastor, Carola Goos, war ihrer Schwester in Göttingen sehr ähnlich, zierlich und sehr schlank, rasch, beweglich und lebhaft, genauso blaue Augen wie Gela, nur ihr Haar war blond, und sie hatte ein Grübchen in der Wange. Alles in allem aber war sie genauso hübsch und wirkte genauso jung wie ihre Schwester Gela.

Wie immer sich Cornelia eine Holsteiner Pastorenfrau vorgestellt hatte, so jedenfalls nicht.

Schon die Begrüßung fiel sehr stürmisch aus.

Die Frau Pastor fiel Christoph um den Hals, küßte ihn rundherum und rief: »War ja man höchste Zeit, daß du wieder mal an Land gekommen bist, du verdammter Bengel, du!«

Es war, das muß man zugeben, für eine Pastorenfrau eine etwas erstaunliche Begrüßung.

Cornelia wurde begrüßt wie ein gern gesehener Gast, und dann hieß es: »So, und nun kommt man gleich nach hinten, jetzt trinken wir erst mal Kaffee, nich?«

Der Tisch war im Garten gedeckt, und es war genauso, wie Christoph prophezeit hatte: es gab drei Sorten von Kuchen: Pflaumenkuchen, Butterkuchen und Marmorkuchen.

»Gott steh mir bei, Mutterkind«, rief Christoph beim Anblick der Kaffeetafel, »wer soll das alles essen?«

»Du nicht. Andere Leute wollen auch was. Liebchen kommt gleich. Und Elisabeth und Dago. Und Kathrinchen natürlich. Na, und Michael und seine Freundin, nich? Außerdem müßt ihr ja nicht alles aufessen, der Marmorkuchen hält sich ja.«

Es waren viel Menschen und viel Betrieb, es wurde erzählt und gelacht, immer kreuz und quer durcheinander ging es. Für Cornelia war es verwirrend, aber so sehr auch wieder nicht, denn sie taten alle so, als hätte sie schon seit eh und je an diesem Tisch gesessen, man bezog sie ganz selbstverständlich in das Gespräch ein, und wenn man merkte, daß sie nicht verstand, worum es ging, was ja meist der Fall war, erklärte man es ihr. Oder auch nicht, sie redeten einfach weiter und schienen zu denken, daß sie es nach und nach schon kapieren würde.

Immerhin bekam Cornelia langsam mit, wer noch mit am Kaffeetisch saß. Wer Tante Kathrinchen war, wußte sie ja schon. Liebchen, eigentlich Liebmann geheißen, war der pensionierte frühere Dorfschullehrer. Jetzt gab es die Dorfschule längst nicht mehr, die Kinder fuhren in den nächsten größeren Ort oder gleich nach Eutin zur Schule. Elisabeth war seine Tochter, und Dago, eigentlich Dagobert, sein Schwiegersohn, beide derzeit zum Urlaub hier. Dann waren Michael und seine Freundin Margit da, von der Tante Gela gesagt hatte, daß die Frau Pastor nicht ganz glücklich über die Eroberung ihres jüngsten Sohnes sei.

Margit wirkte allerdings ein wenig fehl am Platz. Sie war zwar sehr hübsch, aber auf eine kühle, hochnäsige Art, sie sprach wenig, und wenn, war es nicht das Klügste.

Cornelia beobachtete, wie sich die Blicke von Christoph und Michael einmal über dem Tisch trafen, wie Christoph dann grinste und Michael die Stirn runzelte, und dann hob Christoph sein Glas, sie waren inzwischen beim Korn angelangt, und sagte halblaut über den Tisch weg: »Sowas legt sich wieder.«

Der Garten war groß und schön, genau wie das Pfarrhaus. Von der Straße aus sah man zunächst nur die Kirche. Es war eine sehr alte, spätromanische Kirche, durchaus nicht unberühmt, in jedem Reiseführer war sie zu finden. Sie lag auf einem kleinen Hügel, man stieg ein paar Stufen zu ihr hinauf, rundherum war alles grün, das Gras, die hohen Linden, die auf dem Kirchenhügel standen.

Wenn man über diesen Hügel hinwegging, das heißt auf der anderen Seite wieder hinab, sah man das Pfarrhaus. Es war ein Backsteinbau im Stil eines Holsteiner Hofes, also dreigegliedert, mit einem Mittelteil, der einen Giebel trug, und zwei etwas tiefer liegenden Seitenteilen. Wenn man hineinkam, betrat man zuerst den großen Mittelraum, der eine Art Diele bildete, wo beispielsweise die Besucher des Pfarrers warteten, wenn er nicht da war oder noch zu tun hatte. Im linken Flügel befanden sich das Studierzimmer des Pastors, sein Besucherzimmer, und dahinter der sogenannte Salon, der auf den Garten hinausging und in dem wunderschöne alte Biedermeiermöbel standen und ein Flügel.

Auf der rechten Seite, von der Diele aus gesehen, befanden sich Wohnzimmer und Speisezimmer, von dort ging es in die Küche und in die Wirtschaftsräume.

Oben waren die Schlafzimmer, für jeden Sohn extra eins, das ständig für ihn bereit stand, dazu ein Gastzimmer, in dem jetzt Margit wohnte, und ganz an der Seite ein lichter, hell möblierter Raum, auch auf den Garten hinaus, den Carola *ihr* Studierzimmer nannte. Hierhin zog sie sich zurück, wenn sie nachdenken, lesen, nähen, sich freuen oder sich ärgern wollte. So drückte sie es aus.

Dies alles lernte Cornelia natürlich erst nach und nach kennen. Zunächst blieben als erste Eindrücke die alte Kirche mit dem breiten Wehrturm, das tiefe Grün der Bäume und der sonnendurchflutete Garten voller Blumen, voller Obstbäume und Johannisbeersträucher.

Natürlich darf man auch Talbot nicht vergessen, den Hund des Hauses, eine sehr wichtige und gewichtige Persönlichkeit, der bei allem mitzureden hatte und auf alles ein wachsames Auge hatte. Er war ein schwarzer Riesenschnauzer, ein Mordskerl, und Christoph mußte sich ganz schön entgegenstemmen, als Talbot ihm zur Begrüßung beide Pfoten auf die Schultern legte.

Der große Bruder von Christoph, Johannes, samt Frau Helga und drei Kindern, blieb Cornelia an diesem ersten Sonntag erspart, sie besuchten an diesem Tag Helgas Eltern in Flensburg.

Als sie schließlich mit Kaffee und Kuchen und den ersten Wiedersehensgesprächen durch waren, wollte Christoph mit Cornelia einen Gang durchs Dorf machen. Aber da griff Tante Kathrinchen ein.

»Nichts da«, sagte sie. »Das Mädchen ist ja noch nicht mal aus ihren Klamotten rausgekommen. Cornelia kommt jetzt mit zu mir, sie wird ihren Koffer auspacken und sich ein bißchen was ausruhen. Mußt du nicht auch auspacken?«

»Nö, muß ich nicht«, sagte Christoph. »Ich hab ja kaum was mitgebracht. Was ich brauche, hab ich hier. Wir könnten aber schwimmen gehen.«

»Mit dem vollen Bauch, mit all dem Kuchen drin?«

»Eben drum.«

»Du machst, was du willst. Cornelia kommt jetzt erst mal mit.«

Dabei blieb es. Denn Tante Kathrinchen war, wie schon angekündigt, eine energische Dame.

»Dann fahr ich euch schnell hinüber«, sagte Christoph.

»Nicht nötig, wir können das Stück laufen.«

»Und den Koffer, den trägst du?«

Also fuhr er sie hinüber. Es war wirklich nicht weit, ein Stück die Dorfstraße hinunter, dann um die Ecke, und da war schon das Haus, in dem Tante Kathrinchen wohnte. Ein zweistöckiges Haus mit kleinen Fenstern und einer schweren alten Holztür.

Tante Kathrinchen bewohnte den ersten Stock, und Cornelia bekam ein kleines, sehr gemütlich eingerichtetes Zimmer zugewiesen.

Christoph trug den Koffer hinauf, sah sich um, meinte: »Alles okay, ja? Ich hol dich dann um sieben wieder ab.« Und verschwand.

»So«, sagte Tante Kathrinchen befriedigt, »Leute sind ja ganz schön, aber Alleinesein auch. Hier ist die Küche, dort das Bad, daneben das Klo. Wenn du was brauchst, sagst du es mir. Ich darf doch du sagen?«

»Ja, natürlich«, sagte Cornelia befangen. »Und vielen Dank. Und ich brauche nichts.«

»Na, denn pack jetzt mal aus und mach eine Weile, was du willst.«

Sie war eine angenehme Gastgeberin, sie belästigte Cornelia

nicht mit Fragen und langen Reden, ließ sie allein, und das war es, was Cornelia brauchte. Es waren so viele neue Eindrücke und so viele neue Menschen, und nachdem sie so lange in einer gewissen Isolation gelebt hatte, war ihr ganz wirr im Kopf.

Eine Zeitlang saß sie in dem geblümten Sessel, der in ihrem Zimmer stand, sie war ein wenig müde, und ein wenig verlassen kam sie sich auch vor. Vielleicht gerade deswegen, weil so viele Menschen um sie gewesen waren. Allein mit Christoph hatte sie das Gefühl nicht gehabt. Dann zog sie die Jeans und die Bluse aus, ging ins Bad, duschte sich, sehr vorsichtig, um nicht zu spritzen, packte den Koffer aus und hängte die Sachen ordentlich in den Schrank.

Was sollte sie denn heute abend anziehen?

Außer den Jeans gab es noch ein zweites Paar Hosen in ihrem Gepäck, ein paar Blusen, einen Pulli, einen weiten gemusterten Rock mit passendem Oberteil, ein blaues Leinenkleid und als Prunkstück der Garderobe ein zartgelbes Kleid aus Seidenjersey, ein feines Stück, das ihr Sabine erst vor drei Tagen gekauft hatte. Für die Reise.

Aus ihrem Fenster sah Cornelia wieder in einen grünen Garten, nicht so groß wie der Pfarrgarten, und dahinter lag weites hügeliges Land, Wiesen, Felder, fast alle schon abgeerntet, und in der Ferne der Wald.

Kurz vor dem Wald schimmerte es silbern, das mußte der See sein, von dem Christoph ihr erzählt hatte.

Punkt sieben war Christoph da, er bestand nun doch auf einem kurzen Rundgang durch das Dorf. Er hatte sich umgezogen, trug graue Hosen und ein offenes blaues Hemd. Cornelia hatte sich für das blaue Leinenkleid entschieden.

»Kleinen Rundgang machen wir, nicht? Oder bist du zu müde?«

»Ich bin nicht müde.«

»Na, denn lauft mal«, sagte Tante Kathrinchen. »Ich geh schon vor. Vielleicht kann ich Carola was helfen. Wer kommt denn alles zum Abendessen?«

»Wir sind ganz in Familie. Liebchen ist mit seinem Gefolge schon abgezogen.«

Unterwegs erzählte Christoph, daß er in München angerufen und ihre glückliche Ankunft gemeldet hätte.

»Deine Mutter wollte wissen, wie dir so ist. Ich hab gesagt, ich glaube, ganz gut. Bißchen fremd und verloren kommt sie sich ja schon vor, hab ich gesagt, aber das wird sich geben. Ich glaube, sie ist ganz happy. Stimmt's so?«

Cornelia nickte. »Ja. Ihr seid alle sehr nett hier.«

»Na, man gibt sich Mühe.«

Sonst kamen sie nicht viel zum Reden auf diesem Abendspaziergang durch das Dorf, immer wieder trafen sie Leute, die Christoph kannte, und dann mußte er stehenbleiben und mit ihnen reden. Mit Mühe und Not kamen sie zum Abendessen zurecht, die Bratkartoffeln standen schon auf dem Tisch.

So recht Ehre konnte Cornelia dem Sauerfleisch nicht angedeihen lassen. Es schmeckte zwar köstlich, aber sie hatte zuviel Kuchen gegessen und müde war sie nun doch.

Als Christoph sie nach Hause brauchte, waren seine letzten Worte: »Also tschüs, nich? Und schlaf gut. Morgen fahren wir zu Jella.«

Morgen fahren wir zu Jella.

Als Cornelia im Bett lag, wollte sie noch ein bißchen an Jella denken, aber ehe sie damit anfangen konnte, war sie schon eingeschlafen.

Dafür begann sie am Morgen gleich damit, als sie aufgewacht war.

Das war der erste Gedanke: Heute werde ich Jella sehen. Wird sie sich freuen? Oder hat sie mich schon vergessen?

Und noch einmal stieg in ihr der ganze Jammer, die ganze Verzweiflung auf – es war wie eine schwarze Woge, die sie zu ersticken drohte, in der sie am liebsten untergegangen wäre, so wie es schon einmal geschehen war.

Kein Leben ohne Jella, denn es war nicht lebenswert ohne sie.

Diese Gefühle, diese Gedanken waren so vertraut, sie hatte monatelang mit ihnen gelebt, war mit ihnen aufgestanden und hatte sich mit ihnen niedergelegt, hatte sie geschluckt mit jedem Bissen, den sie aß, hatte sie eingesogen mit jedem Atemzug.

Kein Leben für mich ohne Jella. Keine Familie, keine Freunde, keine Schule, keine Freude, keine Hoffnungen, keine Wünsche – nichts, nichts ist es wert, gesehen, gehört, gefühlt, gedacht und gelebt zu werden, wenn Jella nicht mehr bei mir ist.

Die große Verweigerung. Das kompromißlose Nein.

Jetzt, an diesem Morgen, in einem fremden Bett, in einem fremden Haus, bei fremden Menschen, sah sie das alles ganz deutlich, es lief wie ein Film vor ihr ab, und sie befand sich dabei in einem seltsamen Zwiespalt, denn einerseits fühlte sie noch genauso, und andererseits war es genauso klar, daß es hinter ihr lag.

Ich weiß jetzt, wie ich bin, dachte sie, und sie dachte es mit Entsetzen. Ich kann hart und böse sein, gefühllos, ich kann gegen andere und gegen mich selbst wüten, sinnlos und besinnungslos. Werde ich immer so sein? Oder geschah es nur einmal in meinem Leben? Wird mein Gefühl, auch wenn es ein vernichtendes Gefühl ist, immer stärker sein als mein Verstand?

Sie analysierte sich selbst ganz klarköpfig, und sie begriff, daß ein Mensch so nicht leben konnte, so nicht sein durfte, wenn er sich nicht selbst zerstören wollte. Aber wie lange war es denn her, daß sie sich selbst zerstören wollte, ganz bewußt, aus Trotz und Wut und Haß? Jahre, Monate, Wochen? Tage war es her, Tage, die sich leicht noch zählen ließen.

Bin ich so? Werde ich immer so sein?

Nein. Nie wieder würde sie so sein.

Es war gar nicht mehr nötig, daß es ihr noch einer erklärte, sie war imstande, sich selbst zu erkennen, die Fehler, die sie gemacht hatte, die Gefahr, die ihr Charakter barg. Sie würde sich selbst bewahren müssen vor einer Wiederholung. Nur sie konnte das, keiner konnte ihr das abnehmen.

Sie lag regungslos im Bett, starrte an die weiße Zimmerdecke und wurde bestürmt von neuen, überwältigenden Gedanken und Gefühlen.

Unvermeidbar führten ihre Überlegungen zu Christoph. Da kam ein fremder Mensch mit zwei ganz einfachen Fragen: »Fehlt Ihnen etwas? Kann ich Ihnen helfen?«

Gefehlt hatte ihr der Verstand, jeder vernünftige Gedanke, jede Einsicht. Nicht nur Jella hatte sie verloren, sie hatte sich selbst verloren. Und die einfache Frage irgendeines Menschen hatte es möglich gemacht, daß sie zu sich kam, daß sie sich selbst wiederfand.

Nicht irgendeiner. Er. Christoph. Weil er so war, wie er war.

Wenn sie Jella nicht verloren hätte, dann hätte sie Christoph nie gefunden.

Das war ein ungeheuerlicher Gedanke. Ein ganz neuer, ganz ungeheuerlicher Gedanke. Sie fuhr hoch, saß aufrecht im Bett, war fassungslos über das, was sie da eben gedacht hatte.

Bedeutete ihr Christoph so viel?

Ist es – Liebe?

Bisher hatte sie sich über ihr Gefühl für ihn keine Rechenschaft abgelegt. Sie hatte nur ihr Gefühl wieder einfach fortlaufen lassen, ihr Verstand war irgendwo am Weg zurückgeblieben.

Nein. So etwas durfte ihr nie wieder passieren.

Sie schwang die Beine aus dem Bett, saß auf dem Bettrand, blickte sich im Zimmer um, ganz verwirrt noch, dann stand sie auf, ging zum Fenster und zog den Vorhang weg.

Weites grünes Land, Sonnenschein, blauer Himmel.

Holstein, seine geliebte Heimat.

Ich liebe ihn. Aber diesmal werde ich mich selbst sehr gut kontrollieren. Ich bin kein unvernünftiges Kind mehr, ich bin erwachsen. Du bist in einem entscheidenden Moment in mein Leben getreten, Christoph. Vielleicht ist das kein Zufall. Du hast mich gerettet. Es klingt pathetisch, aber es ist wirklich so: Du hast mich gerettet. Vor mir selbst. Vor dem Bösen und dem Törichten, das in mir war und das mich überwältigt hatte. Jetzt kenne ich es. Jetzt kann ich es bekämpfen.

Dafür danke ich dir. Du weißt vermutlich sehr genau, was du für mich getan hast. Irgendwann werde ich dich wissen lassen, daß auch ich es weiß.

Vielleicht war das, was bis jetzt geschehen ist, alles, was uns je verbinden wird. Aber es ist für mich und mein Leben so wichtig, daß ich es nie vergessen werde.

Jella und Christoph, ich liebe euch beide. Und um euch zu lieben, muß ich euch nicht *haben.*

Sie wandte sich vom Fenster ab und ging auf bloßen Füßen aus dem Zimmer. Im Unterbewußtsein hatte sie schon einige Zeit Geschirrgeklapper gehört.

Tante Kathrinchen steckte auch gleich den Kopf aus der Küchentür.

»Da bist du ja. Ich koch gerade Kaffee.«

»Fein. Da geh ich mal ins Bad.«

Sie lachte Tante Kathrinchen an, ein freundliches junges Mädchen, das kurze blonde Haar noch zerzaust, die Augen klar.

Keiner sah ihr an, was für gewaltige Dinge in der letzten halben Stunde in ihrem Kopf vorgegangen waren.

»Hast du denn auch gut geschlafen?«

»Ganz prima!« rief Cornelia und verschwand im Badezimmer.

Christoph kam eine Stunde später, zusammen mit einem jungen Mann, etwa seines Alters.

»Das ist Jens Laurenz vom Gut Laurenzhof. Mein Jugendfreund, ich hab dir schon von ihm erzählt. Er wird mit uns nach Campwort fahren, denn er kennt den neuen Gestütsmeister. Ich nicht. Jens läßt seine Stuten immer auf Campwort decken.«

»Ich hoffe, Sie werden sich meine Fohlen mal ansehen, Fräulein Cornelia«, sagte Jens. »Dieses Jahr habe ich zwei. Eins hübscher als das andere.«

»Und die Jährlinge?« fragte Christoph.

»Alle gut über den Winter gekommen.«

Eine Weile unterhielten sie sich über einen gewissen Fritz Moy, der, wie Cornelia mitbekam, der vorige Gestütsmeister auf Campwort gewesen war. Im vergangenen Herbst war er in Pension gegangen.

»Er ist siebzig. Aber trotzdem, er wollte und wollte nicht aufhören. Eine Weile haben wir befürchtet, er wird es nicht überleben, wenn er seine Pferde nicht mehr hat.«

»Und jetzt?« fragte Christoph.

»Na, ist immer noch 'n Problem. Er sitzt da in Eutin und könnte den Mond anheulen wie ein verlassener Hund.«

Christoph lachte. »Du hast immer noch dieselben plastischen Vergleiche.«

»Weil's wahr ist. Er paßt einfach nicht in die Stadt.«

»Stadt ist gut.«

»Für ihn ist Eutin eine Stadt. Eine Großstadt. Sein Leben hat er nur immer zwischen Wiesen, Koppeln und Ställen bei seinen Pferden verbracht.«

»Warum mußte der denn auch unbedingt nach Eutin?«

»Das wollte seine Frau, die Hanne. Sie hätte nun die Nase voll vom Landleben, das hat sie schon lange gesagt. Und da haben sie sich denn das Häuschen in Eutin gekauft. Vor ein paar Jahren schon, war vermietet, bis sie einzogen. Alle haben zusammengesteuert, sein Sohn und seine Tochter und der Baron auch. Die Hanne ist mit großer Begeisterung eingezogen. Ist auch wirklich hübsch, tipptopp eingerichtet, nichts gegen zu sagen. Ihr gefällt's. Ihm nicht. Sie hat die Tochter und die Kinder von der Tochter in Eutin, und ich glaube noch ne Schwester oder irgend so was, sie ist bestens beschäftigt. Er sitzt da wie ein gefangener Löwe in einem Mauseloch. Und hat erst mal angefangen zu trinken. Aber wie! Wochenlang ist er nicht nüchtern geworden. Mittlerweile hat er sich einigermaßen bekriegt, nachdem der Doktor ihm ernsthaft ins Gewissen geredet hat. Und seine Freunde natürlich auch.«

Eine interessante Geschichte, fand Cornelia, die hinten im Wagen saß. Nicht nur sie allein, auch andere Menschen erlitten tiefgreifende Veränderungen ihres Lebens.

»Und was macht er nun?« fragte Christoph.

»Es spielt sich jetzt so ab, daß er zwei- oder dreimal in der Woche nach Campwort fährt. Entweder mit dem Bus oder oft findet sich auch einer, der in die Gegend muß und ihn mitnimmt. Und da hängt er denn den ganzen Tag rum, manchmal sagt er nichts, manchmal mischt er sich ein, weil er natürlich der Meinung ist, er weiß das alles viel besser; den neuen Gestütsmeister bringt er bald zum Wahnsinn. Das heißt, er könnte ihn zum Wahnsinn bringen, aber Kallweit ist ein ganz ruhiger Mann. Der hört sich das an, sagt: ›Da haste woll recht, Fritze.‹ Und macht dann doch, was er will. Er ist ein ausgezeichneter Mann, der Neue.«

»Und wahrscheinlich noch jung.«

»So um die vierzig. Er versteht viel von Pferden. Hat sogar schon in Amerika gearbeitet, in Kentucky, das ist ja dort das Pferdeland. Übrigens ist er kein Holsteiner, sondern geborener Ostpreuße.«

»Da paßt er ja gut zu den Trakehnern.«

»Eben.«

Cornelia empfand dennoch tiefes Mitleid mit dem alten Gestütsmeister. Man hatte ihn von seinen Pferden, von seiner Lebensaufgabe weggenommen. Nur weil er alt war. Weil ein jüngerer kam, und nun hieß es auch noch, er könne es genausogut. Wenn nicht besser.

Es mußte sehr schlimm sein, so etwas zu erleben, wenn man alt war. Weil es dann so blieb, weil sich nichts mehr ändern würde, weil es ein Ende war.

Nach einer Weile bogen sie von der Straße ab, fuhren einen schmalen Feldweg entlang, dann ein Stück durch den Wald, dann kam eine Kurve, eine Brücke über einen Bach, und dann ging es eine Weile zwischen Feldern dahin, man hatte einen weiten Blick ins Land. Zwischen den Feldern und Wiesen zogen sich hohe Hecken entlang, teilweise von großen alten Bäumen durchwachsen.

»So etwas nennt man einen Knick, Cornelia«, erklärte Christoph. »Das ist typisch für unser Land. Das gibt es schon seit alten Zeiten, um den Boden zu schützen vor Wind und Erosion.«

»Ja, ich hab's gestern schon gesehen. Es sieht seltsam aus. Und schön finde ich es.«

»Morgen kommt ihr mal zu mir«, sagte Jens. »Damit Sie mal einen Gutsbetrieb kennenlernen, Fräulein Cornelia. Wenn ihr wollt, können wir ausreiten. Ich hab zwei erstklassige Pferde für euch.«

Christoph wartete gespannt, was von hinten kam. Es kam nichts.

»Das ist eine gute Idee, was, Cornelia? Ich hätte große Lust zu einem flotten Ritt. Ich hab seit letzten Herbst, seit der Jagd bei euch, auf keinem Pferd mehr gesessen.«

»Du machst 'n Witz?«

»Nö, Ehrenwort. Ich muß arbeiten, Mensch. Erst die Promotion. Und seit ich in München bin, hab ich kaum einen freien Tag. So 'n Anfänger wie ich, der muß ran.«

Sie fuhren durch ein weit geöffnetes Tor, wieder zwischen Wiesen entlang, der Weg führte abwärts in ein breites Tal, rechts und links stiegen die Hügel sanft an.

Und da waren die Pferde.

Sie schritten über die Hügel, standen an den Hängen, hoben sich als edle Silhouetten gegen den Himmel ab, ihre Mähnen und Schweife wehten im Wind.

Was für ein Bild!

In der Mitte des Tales lag das Gestüt. Die Ställe, die Reitbahn, die Häuser des Besitzers und des Personals, alles weiträumig, hell, gepflegt. Große Boxen, auch alle hell und luftig. Die Ställe waren sauber wie Tante Kathrinchens gute Stube. Ein Musterbetrieb.

Auf einem großen offenen Reitplatz ritt ein blonder Mann einen großrahmigen bildschönen Fuchshengst. Das Pferd ging wie gestochen, es hatte gewaltige Gänge und griff mächtig aus, seine Haltung war stolz, sein Temperament schien mühsam nur gebändigt unter der Hand des Reiters.

»Was für ein Pferd!« rief Christoph begeistert aus.

Sie standen alle drei in respektvoller Entfernung hinter dem Zaun und sahen zu.

»Das ist der Neue«, sagte Jens.

»Reitet phantastisch.«

»Kann man wohl sagen. Der alte Moy war auch ein guter Reiter. Jedenfalls früher. Jetzt fehlt ihm die Kraft, einen Burschen wie diesen da zu reiten. Das ist übrigens Ihr Schwiegersohn, Fräulein Cornelia.«

»Mein – was?«

Jens lachte. »Der Mann von Ihrer Jella. Sie hat aufgenommen. Sie wird ein Fohlen von ihm haben.«

Christoph lachte auch, als er Cornelias fassungsloses Gesicht sah.

»Ja, ja, so wird man Großmutter, man weiß gar nicht, wie. Hoffen wir, daß es ein schönes, gesundes Fohlen wird.«

»Wann kriegt sie das denn?« fragte Cornelia aufgeregt.

»Na, warten Sie mal, wie war das denn? Im März ist sie angekommen. Ich war zufällig da an dem Tag, als sie ausgeladen wurde. Ich hatte meine Stute gerade hier beim Hengst. Da wird sie dann wohl im April irgendwann gedeckt worden sein. Also wird es ein Märzfohlen.«

»Das trifft sich gut«, meinte Christoph. »Dann merk dir das gleich mal vor für die Osterferien nächstes Jahr. Da kannst du der jungen Mutter gleich gratulieren.«

»Mein Gott!« sagte Cornelia erschüttert.

»Tja, siehst du, min Deern, das Leben ist weitergegangen. Das hast du nicht gedacht in deinem Exil.«

»Und wo ist Jella?«

»Auf irgendeiner Koppel. Da müssen wir Herrn Kallweit fragen, wo sie steht.«

Kallweit hatte seine Arbeit nicht unterbrochen, erst als er mit dem Hengst fertig war, kam er an den Zaun geritten und stieg ab.

»Tag, Herr Kallweit«, rief Jens, »das ist mein Freund Christoph Goos, von dem ich Ihnen schon erzählt habe.«

»Ach ja, ich weiß, der Tierarzt aus München.«

»Na, in München bin ich derzeit. Ich bin immer noch ein Junge aus Klüssen. Und das ist Cornelia Jacobs, die ich mitgebracht habe. Sie ist nun wirklich eine Münchnerin. Sie war die Besitzerin von Jella.«

Kallweit lächelte Cornelia an.

»Freut mich, Fräulein Jacobs. Schön, daß Sie Jella mal besuchen.«

Cornelia nickte, sie konnte nicht sprechen.

»Ich bring mal eben den Jaromir hier weg, dann werden wir zu Jella gehen. Vorsicht, gehen Sie lieber alle etwas zur Seite. Der kann ganz schön angeben.«

Nachdem Herr Kallweit den Hengst in seine Box gebracht hatte, die Hengste standen in einem Extrastall, wie Cornelia erfuhr, stiegen sie hinter den Stallungen einen schmalen Wiesenpfad empor, gingen oben ein Stück am Waldrand entlang und kamen endlich auf eine riesige Koppel, die sich weithin, leicht ansteigend bis zum nächsten Waldstück hinzog.

»Hier oben ist es gut für die Pferde«, meinte Herr Kallweit. »Hier ist es luftig, immer etwas Wind, da halten sich die Fliegen nicht so. Wir haben die gedeckten Stuten hier, ein paar ältere friedliche Wallache und die Jährlinge.«

Sie standen in Gruppen verteilt über die Koppel hin, sie grasten, gingen langsam und gemächlich von hier nach da, grasten wieder, manchmal machte ein Pferd ein paar Sätze, senkte wieder den Kopf in das saftige Grün. Ein friedliches Bild. Aber Cornelia konnte es nicht in sich aufnehmen, sie suchte Jella. Zuerst sah sie sie nicht. Aber dann, ganz weit hinten, nahe dem Wald, ein goldrotes Fell.

»Da ist sie«, sagte Cornelia leise.

Herr Kallweit legte beide Hände an den Mund und machte mit lauter tiefer Stimme: »Hoooo! Hoooo!«

Die Pferde hoben die Köpfe, lauschten.

»Hoooo! Hoooo!«

Zwei oder drei setzten sich langsam in Bewegung, von hinten kam einer, der sie überholte, erst trabte er, dann setzte er sich in Galopp, und auf einmal waren sie alle auf dem Weg zum Koppelzaun. Da waren Menschen. Eine willkommene Abwechslung.

Jella schloß sich dem Zug erst nicht an, kam dann langsam nach, und während die meisten anderen schon am Zaun waren und die Köpfe neugierig herüberreckten, hielt sie sich immer noch im Hintergrund.

»Jella!« rief Cornelia. »Jella!«

Spitzte sie die Ohren? Lauschte sie? Einmal wandte sie den Kopf zum Zaun, dann graste sie weiter. Dicht neben ihr war ein brauner Wallach, an dessen Kruppe sie jetzt den Kopf rieb.

»Jella!«

Jella kam ein Stück näher, blieb dann wieder stehen, zeigte sich nicht weiter interessiert.

»Sie kennt mich nicht mehr«, sagte Cornelia traurig.

»Ein Pferd auf der Koppel ist ein anderes Wesen als ein Pferd im Stall«, erklärte Herr Kallweit. »Noch dazu in einem Reitstall in der Stadt. Das ist ja kein pferdegemäßes Leben, nicht? Natürlich wenden sie sich da mehr den Menschen zu. Hier sind wir für sie nicht so wichtig. Wenn sie in der Herde leben, interessiert sie der Mensch nicht sonderlich.«

Der Braune trabte jetzt heran, kam auf sie zu, und jetzt endlich kam Jella auch.

»Jella!«

Sie blieb stehen, sah mit großen Augen auf den Menschen hinter dem Zaun.

Eine Stimme, die sie kannte.

Sie streckte den Kopf herüber, und Cornelia strich ihr leicht über den Hals.

»Kennst du mich denn nicht mehr, Jella?«

Jellas Samtschnäuzchen kam näher, berührte Cornelias Gesicht.

»Jella! Liebling! Geht es dir gut? Bist du glücklich?«

Cornelias Stimme zitterte, sie kämpfte mit den Tränen. Ihre Hand fuhr in die Hosentasche, Jella kam noch näher, an diese Bewegung erinnerte sie sich.

»Geben Sie ihr hier keinen Zucker«, sagte Herr Kallweit. »Dann wollen die anderen auch welchen, und dann geht die Keilerei los.«

Der Braune wollte auch angefaßt werden, er reckte den Kopf weit über den Zaun, und Christoph kraulte ihn an der Stirn.

»Er ist Jellas bevorzugter Kavalier«, sagte Herr Kallweit. »Die beiden stecken immer zusammen.«

Nun wandte Jella den schönen Kopf, spähte über die Wiese, fand, es sei genug der Unterhaltung. Sie wandte sich ab, langsam, den Kopf hochtragend, entfernte sie sich vom Zaun. Der Braune folgte ihr.

Cornelia biß sich auf die Unterlippe, sie ballte die Fäuste, sie versuchte mit aller Macht, sich zu beherrschen. Doch dann legte sie das Gesicht auf den verwitterten Zaun. Sie weinte.

Die drei Männer sahen sich an. Jens, der die Geschichte in etwa kannte, schüttelte mit betrübter Miene den Kopf. Herr Kallweit sagte zu ihm: »Kommen Sie mit, jetzt gehen wir gleich noch zu den Zweijährigen. Da habe ich ein paar vielversprechende Modelle darunter.«

Als sie allein waren, legte Christoph den Arm um Cornelias Schultern.

»Komm, min Deern, du brauchst nicht zu weinen. Jella geht es gut hier, das siehst du doch. Sie hat das schönste Leben, das ein Pferd sich denken kann.«

»Ich weiß ja«, schluchzte Cornelia. »Aber trotzdem. Sie kennt mich nicht mehr.«

»Natürlich kennt sie dich. Das war doch deutlich zu sehen. Es ist nur so, wie Herr Kallweit gesagt hat. Ein Pferd auf der Koppel und in der Herde ist ein anderes Tier als ein Pferd, das den ganzen Tag in seine Box eingesperrt ist und gerade eine Stunde oder höchstens zwei mit seinem Reiter verbringt. Sie kennt dich, aber du bist nicht mehr das wichtigste in ihrem Leben.«

»In meinem Leben ist sie das allerwichtigste. Und es wird niemals, niemals in meinem Leben etwas geben, das so wichtig ist.«

»Das wollen wir doch nicht hoffen.«

Christoph drehte sie sanft zu sich herum, hob ihr Gesicht mit einer Hand und küßte sie auf die Wange.

»Es wird noch viele Dinge geben, die dir wichtig sind. Auch Tiere. Auch Menschen. Man kann nicht immer alles behalten, was man liebt. Verzicht gehört zum Leben. Das ist nun einmal so, irgendwann muß das jeder lernen. Man bekommt etwas, man verliert etwas. Und alles, was du mit Jella erlebt hast, Cornelia, hat dich nicht ärmer gemacht.«

Anschließend fuhren sie durch die Gegend, Christoph und Jens zeigten und erklärten Cornelia alles, sie hörte auch zu, sah immer dahin, wohin sie sehen sollte, aber sie war dennoch nicht ganz da, war abwesend, versunken in ihre Gedanken, verloren an zwei einander widersprechende Gefühle, an Glück und Traurigkeit. Glücklich, weil es Jella gut ging, und traurig, weil sie für Jella nichts mehr bedeutete.

Glücklich, weil Christoph sie im Arm gehalten und geküßt hatte, traurig, weil Liebe immer weh tut.

Sie war sehr still, auch als sie später im Pfarrhaus beim Mittagessen saßen.

Der Pastor und Carola wollten wissen, wie es denn nun gewesen sei auf Campwort.

Christoph erzählte. Auch daß Herr Kallweit am Schluß gesagt hatte, wenn Cornelia mal reiten wolle, dann solle sie nur kommen.

»Aber Cornelia hat schon entschieden, daß sie Jella diesmal nicht reiten wird. Es reißt nur alte Wunden wieder auf. Und sie ist ja hergekommen, um wieder froh zu werden und nicht, um neue Tränen zu weinen.« Er lächelte Cornelia zu, sie verzog das Gesicht zu einem traurigen Lächeln. »Sie hat die Trennung von Jella noch nicht verwunden. Und wenn sie Jella jetzt wieder reitet, wird es auch nicht besser. Wir werden bei Jens reiten, das haben wir schon verabredet. Nicht, Cornelia?«

Cornelia nickte. In ihren Augen standen schon wieder Tränen.

Martin Goos sagte: »Als ich ein Junge war, so vielleicht dreizehn oder vierzehn – ich stamme von einem Bauernhof, Cornelia –, da verkaufte mein Vater mein Lieblingspferd an einen anderen Bauern. Das heißt, es war kein Bauernhof, es war ein Gut, wohin Peter kam. So hieß das Pferd. Ein bildschönes Pferd, ein Rappe. Kein Reitpferd, obwohl ich oft auf ihm geritten bin. Er ging vor dem Wagen, aber für die Feldarbeit war er nicht geeignet, dazu war er zu edel. Ich liebte nichts auf der Welt so wie dieses Pferd. Mein Vater verkaufte ihn, weil er so ein Pferd auf seinem kleinen Hof nicht gebrauchen konnte. Womit er zweifellos recht hatte. Auf dem Gut ging Peter vor dem Kutschwagen, zusammen mit einem anderen Rappen. Ich wußte, daß der Kutscher dort eine harte Hand hatte und die Pferde schlug. Ich habe meinen Vater damals abgrundtief gehaßt. Ich konnte ihm das nicht verzeihen. Gott soll mir vergeben, ich hab's ihm heute noch nicht verziehen.«

Cornelia blickte den Pastor mit großen Augen an. War ihr Drama nicht das einzige Drama auf der Welt?

»Das hast du mir nie erzählt, Vater«, sagte Christoph.

»Ich habe nie davon gesprochen. Das ist heute das allererste Mal. Es gibt Dinge, die man tief in sich verschließt. Auf jeden Fall erzählt man seinen Kindern nicht, daß man seinen eigenen Vater gehaßt hat. Ich habe es jetzt erzählt, weil ich Cornelia damit sagen will, daß ich sie verstehe. Ich will ihr auch gar keinen billigen Trost zusprechen. Vielleicht nur den, daß es ihre Jella besser getroffen hat als mein Peter damals. Er lebte nicht mehr lange. Er bekam eine Hufkrankheit und wurde geschlachtet.«

»Jetzt ist aber Schluß!« rief Carola energisch. »Davon kriegt man ja ein Magengeschwür, wenn man solche Geschichten beim Essen hört. Fehlt bloß noch Christoph mit seinem Simon. Ich möchte jetzt nichts mehr davon hören. Cornelia hat kaum etwas gegessen. Eure Pferde in allen Ehren, aber vielleicht darf ich euch mal darauf aufmerksam machen, daß es auf dieser Erde eine Menge Not und Elend gibt. Daß es Menschen gibt, die krank sind, die in Armut und Verzweiflung leben, die verhungern und verdursten, die gejagt und getötet werden, denen allergrößtes Unrecht geschieht, die man foltert und zu Tode peinigt, die man . . .«

»Okay, okay, Mutterkind, hör auf!« rief Christoph. »Davon kriegt man erst recht Magengeschwüre. Wir wissen das alles und reden jetzt mal von was anderem. Nämlich davon, was wir alles in den nächsten Tagen unternehmen werden, Cornelia und ich. Wenn sie schon hier ist, muß ich ihr ein bißchen die Gegend zeigen, nicht? Heute nachmittag gehen wir erst mal in unseren See zum Schwimmen. Und morgen werden wir reiten und uns den Laurenzhof genau bekieken. Dann müssen wir auch mal an die Ostsee fahren, und natürlich nach Travemünde, paar Schiffe muß sie auch sehen. Und dann will ich nach Eutin in den Schloßpark. Und Tante Charlotte besuchen, nicht zu vergessen. Cornelia, die macht eine fabelhafte Schokoladentorte. Also Mutterkind, ehrlich, so ist sie dir noch nie gelungen.«

»Du kriegst in Zukunft von mir nur noch trockenes Brot«, rief Carola und warf ihm über den Tisch hinweg ihre Serviette an den Kopf.

»Ihr benehmt euch«, sagte der Pastor und schüttelte den Kopf. »Was soll unser Gast bloß von euch denken! Und was sollen sie in München denken, wenn Cornelia erzählt, wie sich hierzulande die Menschen in einem christlichen Haus aufführen.«

»Geht ja man gerade noch, Vater«, sagte Christoph. »War bloß ne Serviette. Solange die Pastorin nicht mit harten Gegenständen schmeißt, haben wir es noch gut getroffen.«

Daß Christoph ein methodischer Mensch war, zeigte sich in den nächsten Tagen, denn das Programm verlief genau so, wie er es angekündigt hatte.

Cornelia lernte Ostholstein gut kennen: die kleinen Städte Eutin, Malente, Plön und Lütjenburg; sie badete in Holsteiner Seen, sie ging in den Wäldern spazieren, sie fuhren zur Ostsee und schwammen dort mit großem Genuß, sie bummelten in Travemünde die Vorderreihe entlang und sahen die großen Skandinavier, die Schiffe, die von und nach Dänemark, Schweden und Finnland fuhren, mit tiefem Orgelton um die Mole herum in den Travehafen einfahren. Das war alles sehr eindrucksvoll. Und da Cornelia einen ortskundigen und sachverständigen Führer hatte, der seine Heimat liebte, war es kein oberflächlicher Eindruck.

Am schönsten waren die Besuche auf Laurenzhof. Es war ein mittelgroßer Gutsbetrieb; ein schöner alter Holsteiner Hof, in dem sie wohnten, und die modernsten Maschinen und landwirtschaftlichen Anlagen, mit denen sie arbeiteten. Cornelia bekam alles zu sehen, bekam alles erklärt. Teils von Jens, teils von seinem Vater, der ein großer, gut aussehender, sehr aktiver Mann war und herrliche Geschichten erzählen konnte. Auch die Mutter von Jens nahm Cornelia liebevoll auf, denn alle wußten inzwischen, was für einen großen Kummer sie erlebt hatte.

Übrigens bekam Cornelia auch auf Laurenzhof unwahrscheinlich gut zu essen.

»Ich werde dick wie ein Kloß nach München zurückkommen«, prophezeite sie.

»Drum schwimmen und reiten wir, damit das nicht geschieht«, meinte Christoph.

Das Reiten.

Ihren Schwur hatte sie gebrochen: Ich werde nie mehr reiten. Das galt nicht mehr.

Sie ritten zu dritt, und es waren weite und rasante Ritte über Stoppelfelder, schmale Wiesenwege entlang, auf stillen Waldwegen.

Den Englischen Garten in allen Ehren, aber so ein Reiten hatte Cornelia noch nicht erlebt. Anfangs mußte sie sich sehr zusammennehmen, denn sie hatte immerhin seit einem halben Jahr auf keinem Pferd mehr gesessen. Und das Pferd, das sie bekam, es hieß Titan, war nicht still und brav, war nicht an ihre Stimme und an ihre Art zu reiten gewöhnt wie Jella. Es war ein temperamentvoller Dunkelbrauner, der mächtig ausgriff; wenn es über die Stoppeln ging, prustete er vor Wonne und setzte seinen Ehrgeiz darein, schneller zu sein als die beiden anderen.

Herrn Reinhardts Worte kamen Cornelia in den Sinn: Du bestimmst das Tempo, nicht das Pferd.

Aber Herr Reinhardt kannte Titan nicht.

Nach etwas ängstlichem Beginn kam sie jedoch großartig mit ihm zurecht, und als sie, am Tag vor ihrer Abreise, den letzten Ritt auf ihm machte, war sie nahe daran, wieder einmal zu trauern, diesmal um Titan.

Christoph, zu dem sie eine Bemerkung darüber machte, sagte: »Ja, für uns ist das schlimm. Wir lieben die Tiere, wir hängen an ihnen. Sie gehören in unser Leben. Die Trennung von einem Tier kann einem so nahe gehen wie die von einem Menschen. Manchmal mehr. Kommt auf das Tier an. Kommt auf den Menschen an. Aber Menschen, die ohne Tiere leben müssen, können einem nur leid tun.«

Mit Jens hatte sich Cornelia erstaunlich schnell angefreundet. Er neckte sie, er sagte aber auch viele hübsche Dinge, die Cornelia noch nie von einem jungen Mann gehört hatte.

»Du bist ganz mein Typ, Nelly. Ich bin auf dem besten Weg, mich ganz gräßlich in dich zu verlieben.«

»Du sollst nicht immer Nelly zu mir sagen.«

»Warum denn nicht? Klingt doch gut. Cornelia ist mir viel zu feierlich.«

Am Sonnabend lud er sie zum Tanz in einen Dorfkrug ein.

»Aber damit kein Irrtum aufkommt«, sagte er, »wir gehen allein. Den Herrn Doktor lassen wir zu Hause.«

Sie trug das zartgelbe Kleid, das neue. Jens tanzte fabelhaft. Als er sie nach Hause brachte, küßte er sie. Richtig.

Er sagte: »Du kommst bald wieder, Nelly, ja?«

»Nächstes Jahr zu Ostern.«

»Das dauert mir zu lange. Bis dahin habe ich mich längst in ein anderes Mädchen verliebt.«

»Mir bricht fast das Herz. Aber wenn du so treulos bist, kann ich es auch nicht ändern.«

»Wirst du mir denn treu sein?«

»Wird sich finden.«

So alberten sie herum, aber seine Küsse waren sehr ernst gemeint.

Christoph hatte sie nur einmal geküßt, damals am Koppelzaun. Und obwohl die Küsse von Jens viel intensiver waren, richtige Küsse eben, dachte Cornelia immer noch an den einen kleinen Kuß, den Christoph ihr auf die Wange gegeben hatte.

Auch mit Kathrinchen kam Cornelia gut aus, und am allerbesten verstand sie sich mit Christophs Mutter. Sie hielt sich gern bei ihr auf, half manchmal in der Küche oder im Garten, begleitete die Pastorin auf manchen Wegen, die gewissermaßen zu den Amtspflichten einer Pastorsfrau gehörten. Es war erstaunlich, was die kleine zierliche Person alles leistete.

»Das ist noch gar nichts«, sagte Carola. »Hättest du erst mal miterleben sollen, wie das früher war. Da ging es den Leuten nicht so gut wie heute und drum gingen sie noch fleißig in die Kirche. Und sie kamen zu Martin oder zu mir und hatten immer irgendwelche Anliegen. Da war immer was zu helfen. Und ich hatte die kleinen Kinder, nicht?«

Geheiratet hatten sie 1946, in der schlimmsten Zeit, als Schleswig-Holstein noch voll von Flüchtlingen war und viel Not und Leid im Land herrschte. Natürlich hatten sie damals noch keine eigene Pfarre, Martin Goos war ja gerade aus dem Krieg heimgekehrt, er hatte seine erste Vikarstelle, weiter nördlich, in der Gegend von Preetz. Im Land regierte die englische Besatzung, nicht mit harter, doch oft mit verständnisloser Hand.

»Gehungert haben wir nicht direkt, das will ich nicht behaupten«, erzählte Carola. »Die Bauern hatten schon immer mal was für uns übrig. Aber als ich Johannes bekam, mein erstes Kind, war ich doch sehr runter. Willst du glauben, daß ich gerade fünfundneunzig Pfund gewogen habe?«

»Na, viel mehr kann es heute auch nicht sein.«

»Gute zehn Pfund mehr, mein Kind. Das macht schon was aus.«

Am Sonntag saß Cornelia in der Kirche und hörte den Pfarrer predigen.

Sie war seit ihrer Konfirmation nicht in der Kirche gewesen, weder Sabine noch Jost gingen ihrerseits oder ermunterten sie dazu.

Der Gottesdienst in der schönen alten Kirche von Klüssen beeindruckte Cornelia sehr. Martin Goos war ein guter Sprecher, er salbaderte nicht, sprach ernst und mit Nachdruck, Cornelia lauschte gebannt.

Kathrinchen spielte die Orgel, und sie hatten keine schlechte Orgel in der Kirche, sie brauste gewaltig. Die Gemeinde sang dazu, Strophe um Strophe.

Christoph sang auch. Cornelia sah es aus dem Augenwinkel, denn er saß neben ihr. Sie hörte es auch, denn er sang laut und sogar richtig. Ein wenig geniert blickte sie in ihr Gesangbuch und versuchte, leise mitzusingen.

Dann sprach der Pfarrer ausdrucksvoll das Gebet und den Segen, die Gemeinde sang noch einmal, und dann standen die Leute langsam auf, begleitet von dem Brausen der Orgel verließen sie die Kirche.

Eigentlich war das schön.

Voll war die Kirche nicht gewesen.

»Immerhin halbvoll«, sagte Christoph, als sie zum Pfarrhaus gingen. »Für heutige Begriffe schon ganz ansehnlich. Woanders sieht es schlimmer aus.«

Er griff im Gehen nach Cornelias Hand und schlenkerte sie hin und her.

»Na, du Münchner Kindl, jetzt bist du eine ganze Woche hier. Wie gefällt's dir denn so im Holsteiner Land?«

»Unbeschreiblich gut. Am liebsten würde ich hierbleiben.«

Christoph blieb stehen, sie auch. Sie blickten sich an. »Ich habe mir gedacht, daß du hierher paßt.«

»Wie meinst du das?«

»Es gibt Menschen, die kommen in dieses Land und fühlen sich heimisch. Und sie kommen immer wieder. Andere wieder gehen auf der einen Seite rein und auf der anderen Seite wieder raus und haben nichts begriffen. So geht es natürlich gewissen Leuten mit allen Ländern, wohin sie auch immer kommen. Ich will auch gar nicht leugnen, daß es Gegenden gibt, wo man nicht bleiben möchte. Ich auch nicht. Aber wenn es einem hier nicht gefällt, dann ist ihm nicht zu helfen.«

»Es ist nicht nur das Land allein. Es ist schön. Aber die Menschen sind hier so . . . so . . . ich weiß auch nicht, wie ich sagen soll, sie sind so herzlich, so natürlich. In Bayern denken wir immer, die Norddeutschen sind steif und kalt. Aber das ist Unsinn. Ganz im Gegenteil. Sie sind ganz anders hier, als man sich das vorstellt.«

»Es gibt ja auch nichts Dümmeres als Vorurteile. Nur eine eigene Meinung ist eine Meinung.«

Talbot kam ihnen entgegengelaufen und begrüßte sie mit großer Freude. Endlich ist die Kirche aus, teilte sein wildtanzendes Hinterteil mit, nun sind endlich bald wieder alle da. Und Mittagessen gibt es auch demnächst. An das Mittagessen dachte Cornelia auch.

»Ich muß zu deiner Mutter«, sagte sie. »Ich hab ihr versprochen zu helfen. Heute sind wir ja eine Menge Leute zum Essen.«

»Ich weiß. Johannes und Helga kommen mit sämtlichen Kindern. Da wird es hoch hergehen. Übrigens, das ist dir bekannt, daß Michael und Margit übermorgen abreisen, ja? Sie wollen nach Dänemark. Du kannst dann zu uns ziehen, das Gastzimmer ist frei.«

»Ach, ich glaube, ich bleibe bei Kathrinchen. Vielleicht ist sie dann beleidigt. Oder meinst du, sie wäre froh, wenn ich weg bin?«

»Nö, glaub ich nicht. Sie findet, du bist ne nette Deern. Macht ihr Spaß, mal Hausbesuch zu haben.«

»Dann bleibe ich bei ihr.«

»Nächstes Jahr wohnst du dann bei uns.«

Davon sprachen sie alle mit großer Selbstverständlichkeit, daß sie im nächsten Jahr wiederkommen würde. Zu Ostern, und dann natürlich in den großen Ferien.

»Jens hat mich eingeladen, auf dem Gut zu wohnen.«

»Da siehst du, was du für ein begehrtes Mädchen bist. Du kannst dich vor Einladungen kaum retten.«

»Das habe ich alles dir zu verdanken.«

»Mir? Wieso denn dieses?«

»Wer weiß, was aus mir geworden wäre, wenn du mich nicht am Straßenrand aufgelesen hättest.«

»Davon wollen wir nicht mehr reden.«

»O doch, ich will davon reden. Ich habe deinem Vater sehr genau zugehört. Er hat heute ein wenig auch für mich gepredigt, nicht? Wie er das gesagt hat, das von den Tränen. Hast du das gehört?«

»Natürlich. Kam mir auch sehr befremdlich vor. Ich muß ihn mal fragen, was für eine Bibelstelle das eigentlich ist. Wie war das gleich?«

»Das Leid und die Tränen sind wie eine Saat in des Menschen Herz. Aus ihnen wachsen Kraft und Mut, um das Leben zu bestehen.«

»Du hast gut aufgepaßt. Das wird ihn freuen. Ich glaube, das hat er sich selber ausgedacht.«

»Für mich«, sagte Cornelia mit Bestimmtheit.

Christoph lachte. »Na ja, sähe ihm ähnlich. Das ist eben seine Art, sich an der Wiederherstellung deines Seelenfriedens zu beteiligen. Dieser Teil der Predigt.«

»Und die Geschichte von Peter.«

»Ach ja, sehr richtig.«

»Aber erst kamst du. Ohne dich wäre es aus mit mir.«

»Das würde ich auch nicht unbedingt behaupten. So schnell schwimmt man nicht ab. Ein Mädchen wie du. Du hättest dich schon wieder gefangen.«

»Ich bin nicht so sicher. Meine ganze Welt war in Trümmern. Ich selbst war in tausend Stücke zerbrochen. Und das sollte auch so sein. Ich wollte es so haben. Und plötzlich kommst du, und alles ist wieder heil und ganz.«

Christoph zog ihren Arm unter seinen, langsam gingen sie weiter.

»Womit wir sie also hätten, die schöne heile Welt. Das größte Ärgernis aller superklugen Leute. Weil die immer sagen, es gibt sie nicht. Ich werde dir auch etwas sagen, Cornelia: es gibt sie wirklich nicht. Es hat sie nie gegeben und es wird sie nie geben. Aber das ist kein Grund, absichtlich alles kaputtzuschmeißen, was vielleicht noch erträglich ist. Und dann zu sagen, wie du eben sagtest: ich wollte es so haben. Für sich selber kann man ruhig den Versuch machen, daß möglichst alles heil und ganz bleibt, womit man umgeht, und das bezieht sich nicht nur auf Mutters Kaffeekanne. Es läßt sich sowieso nicht verhindern, daß hier und da die Ecken herausbrechen oder daß man am Ende wirklich vor einem Scherbenhaufen sitzt. Es muß aber nicht sein. Es ist den Versuch wert, möglichst wenig Bruch zu machen, und darum sollte man behutsam mit sich, mit den anderen und mit dem Leben umgehen. Es gibt eigentlich keinen Grund, mutwillig sein eigenes Leben zu zertrümmern. Fast keinen. Stimmst du mir da zu?«

»Ja.«

»Dann können wir ja beruhigt Mittag essen.«

»O Gott! Ich muß in die Küche. Tschüs, bis dann.«

Und weg war sie.

Christoph sah ihr nach und lächelte.

»Ich hätte glatt auch Pfarrer werden können«, sagte er zu Talbot. »Was sagst du? Hab ich früher auch nicht gewußt, was ich für Talente habe, ehe ich mir dieses Mädchen aufgesammelt habe.«

Sonntagsgäste

Dieses Sonntagsmittagsmahl hatte es in sich. Cornelias Hilfe in der Küche war sehr erwünscht, obwohl Tante Kathrinchen, geradewegs von der Kirche her, auch am Werke war. Carola wirtschaftete mit roten Backen vor dem Herd, in dessen Rohr ein prachtvoller Rehrücken ständig zu begießen war.

Cornelia mußte Apfelmus und Preiselbeeren in die Schüsseln füllen und wurde dann abgeordnet, den Tisch zu decken; an dem sie an diesem Tag elf Personen sein würden.

Nur der jüngste Sproß von Johannes und Helga würde seine Extramahlzeit zuvor bekommen, die beiden größeren Kinder aßen mit am Tisch.

Der Pastor erschien nach alter Gewohnheit erst einmal in der Küche, um seine Predigt zu repetieren.

»Ja, Lieber. Wirklich großartig«, sagte Carola abwesend, »gut getroffen, wirklich.«

»Du hörst ja gar nicht zu«, sagte Martin Goos beleidigt.

Carola richtete sich vom Herd auf und pustete eine Locke aus der Stirn.

»Doch, genau. Aber vielleicht könntest du mir ausnahmsweise später berichten, Martin.«

Der Pastor blickte erst sie vorwurfsvoll an, dann in den Herd.

»Mhm, Rehrücken. Wo hast du denn den her?«

»Vom Laurenz. Hat er selbst geschossen.«

»Na gut, dann geh ich eben.«

»Hannes wird gleich kommen. Vielleicht siehst du mal nach dem Sherry. Ihr könnt ja inzwischen einen nehmen. Und bring uns auch ein Gläschen. Und dann mach den Rotwein auf, ich hab die Flaschen in dein Zimmer gestellt.«

Der Pastor verschwand.

»Er hat sehr schön gepredigt«, sagte Cornelia.

»Weiß ich«, sagte Carola, »tut er immer. Warum hast du es ihm denn nicht gesagt?«

Johannes Goos war ein ganz anderer Typ als seine Brüder. Vor allem war er sehr groß. Mindestens einen Meter neunzig, schätzte Cornelia. Groß und blond und raumfüllend von Statur, Stimme und Auftreten. Eine imponierende Erscheinung.

Cornelia mußte daran denken, wie Carola ihr erzählt hatte, daß sie gerade fünfundneunzig Pfund auf die Waage brachte, als Johannes geboren wurde. Schlechte Zeiten, wenig zu essen, der Krieg gerade vorbei, und dann wurde so ein Mordstrumm Mannsbild daraus, wie man in Bayern sagen würde.

Von Beruf war er Lehrer. Studienrat in Eutin.

Helga war ebenfalls eine große stattliche Frau, blond und sehr hübsch.

Die Kinder waren sechs, vier und zwei, davon das mittlere ein Mädchen.

Christoph sagte beim Essen: »Was ist eigentlich los mit euch? Bisher wart ihr so verläßlich, alle zwei Jahre ein Kind. Ich sehe nichts. Jetzt wäre wieder ein Mädchen dran.«

»Nö, nun langt das ja denn wohl auch«, meinte Helga.

»Kann nicht dein Ernst sein. Ich hatte mich gerade so schön daran gewöhnt, alle zwei Jahre Onkel zu werden.«

Gegessen wurde lange, gut und ausgiebig.

Es begann mit einer kräftigen Hühnerbrühe, dann gab es, wie schon bekannt, Rehbraten mit Pfifferlingen, Apfelmus, Preiselbeeren und Kartoffeln. Knödel oder Spätzle, wie daheim in München, aß man hier nicht, das hatte Cornelia schon festgestellt.

Zum Nachtisch gab es Eis, nicht selbstgemacht, sondern beim Kaufmann aus der Truhe geholt.

Darob war der Herr Studienrat enttäuscht.

»Keine Rote Grütze?« fragte er.

»Rote Grütze hatten wir schon dreimal in der letzten Woche«, entschuldigte sich Carola. »Cornelia schmeckt sie so gut. Ich dachte, heute könntet ihr mal Eis . . .«

»Na ja«, machte der Studienrat und blickte mißbilligend auf das Eis, »sicher. Aber was habe ich davon, wenn Cornelia deine Rote Grütze schmeckt.«

»Es ist noch was im Kühlschrank, für dich gibt das noch eine Portion. Ich hol sie dir gleich.«

Cornelia war schon unterwegs und brachte die Schüssel mit der Roten Grütze, die mindestens noch für drei Portionen gut war, und die Kanne mit Milch.

Was Johannes essen konnte, war bewundernswert. Er schaffte die ganze Rote Grütze allein, nachdem er vorher schon beim Rehbraten kräftig zugegriffen hatte.

Ein Glück, daß er nicht mehr wächst, dachte Cornelia, der brächte es glatt auf zwei Meter neunzig.

Aber der Studienrat konnte nicht nur essen, er war auch sonst ein emsiger Mann.

Als er schließlich satt war, lehnte er sich zurück und begann: »Wir sprachen neulich am Telefon von einem gewissen Cornelius Eversen, Vater. War es nicht so?«

Der Pastor nickte.

»Es war so.« Er blickte seinen ältesten Sohn erwartungsvoll an.

Am Tisch schwieg alles.

Das hatte Cornelia nun schon mitbekommen: Johannes war eine Respektsperson, wie sie im Buche steht. Jeder lauschte aufmerksam seinen Worten, keiner wagte das Wort zu ergreifen, wenn er sprechen wollte.

»Professor Eversen«, sagte Johannes mit Betonung. Und dann, mit einem Blick auf Cornelia: »Der Vater dieser jungen Dame, wie man mir gesagt hat.«

Cornelia nickte eingeschüchtert. Doch dann verbesserte sie hastig: »Der Vater meiner Mutter.«

»Richtig, Ihr Großvater. Ein sehr berühmter, sehr angesehener Mann in der Welt der Wissenschaft. Das wußten Sie?«

»Das wußte ich nicht.«

»Warum nicht?«

»Weil wir überhaupt nichts von ihm wissen. Meine Mutter hat das letztemal von ihm gehört, als sie geheiratet hat. Also ich meine, als sie das erstemal geheiratet hat. Da war ich noch nicht auf der Welt. Und gesehen hat sie ihn das letztemal, da war sie selber erst – na, ich glaube, zwölf Jahre alt oder so.«

»Da war er natürlich noch kein berühmter Mann.«

»Was ist er denn nun eigentlich?« fragte Carola ungeduldig. »Mach's nicht so spannend, Hannes.«

»Er ist Geologe. Eine anerkannte Kapazität auf dem Gebiet der Seismik.«

»Was ist denn das?«

»Seismik, Lagerstättenforschung, Erdgeschichte«, dozierte Johannes mit einem tadelnden Blick auf seine vorlaute Mutter, »das sind Wissensgebiete, die zum Interessantesten gehören, was sich dem forschenden Geist bieten kann. Und natürlich berühren sich die einzelnen Gebiete im weiten Raum der Möglichkeiten; man könnte konkret sagen, Professor Eversen hat sich einen Namen gemacht auf dem Sektor der Erdbebenforschung. Ihr wißt ja, daß man heute bemüht ist, nicht nur stattgefundene Erdbeben nach Graden und Verwüstungen wissenschaftlich zu erfassen, sondern der Erde das Geheimnis soweit wie möglich zu entlocken, damit man auch kommende Beben vorauszusagen vermag. Man ist bemüht, sagte ich. In Wahrheit ist es jedoch so . . .«

Ehe der Studienrat nun zu einem längeren Vortrag über stattgefundene und bevorstehende Erdbeben ansetzen konnte, unterbrach ihn Christoph. Aus Erfahrung wußte er, daß sein Bruder sich diese Kenntnisse vermutlich brandneu erworben hatte und sie jetzt loswerden wollte. Aber dann saßen sie noch hier, wenn es Zeit wurde fürs Abendessen. Ihn vom Thema abzubringen, war nur möglich, wenn man irgend etwas, was er gesagt hatte, anzweifelte.

»Was weißt du denn schon von diesem Eversen«, sagte Christoph drum herausfordernd. »Neulich, als du mit uns telefoniert hast, hattest du keine Ahnung, wer das sein soll.«

Johannes wurde womöglich noch größer, und sein strafender Blick durchbohrte den kecken Bruder.

Den möcht ich nicht als Lehrer haben, dachte Cornelia, wenn der immer so guckt.

»Nachdem eurerseits die Frage an mich herangetragen wurde«, erklärte Johannes, »habe ich meinerseits mich informiert. Selbstverständlich. An meiner Zuverlässigkeit hat ja wohl in diesem Hause noch keiner gezweifelt.«

»Keiner«, echoten alle Goosens im Chor. Dann grinsten sich Christoph und sein Bruder Michael über den Tisch hinweg an.

»Also! Professor Eversen war Schüler an der Voßschule, an der ich die Ehre habe zu unterrichten. Ein hervorragender Schüler, wie sich leicht noch feststellen läßt. Und überdies war er, beziehungsweise ist er, der berühmteste Mann, den diese Schule in jüngerer Zeit hervorgebracht hat.«

»Jüngere Zeit ist gut«, warf Michael ein. »Wie alt ist der Knabe denn?«

»Der Knabe, wie du dich auszudrücken beliebst, ist präzise sechzig Jahre alt. Ein großer Mann im Zenit seiner Schaffenskraft. Er hält Vorlesungen an der Universität Harvard, er ist Mitglied eines Forschungsinstitutes in Washington. Das sagt ja wohl alles. Im übrigen hat er, vor Jahren schon, die amerikanische Staatsangehörigkeit erworben. Die der Vereinigten Staaten von Amerika selbstverständlich.«

»Na, denn herzlichen Glückwunsch zu deinem Großvater, Cornelia«, sagte Michael.

»Wie man's nimmt«, Christoph war nicht so beeindruckt, »berühmter Mann mag er ja sein. Ein Mann mit Herz ist er bestimmt nicht, sonst hätte er sich mal um seine Tochter gekümmert.«

»Wieso hat er denn nicht?« wollte Carola wissen.

»Ach«, sagte Cornelia, »wir wissen sehr wenig darüber, auch

Mami nicht. Ihre Eltern, also dieser Cornelius und ein Mädchen aus Berlin, das Bella hieß, haben im Krieg geheiratet. Er war Soldat, aber nebenbei studierte er auch. Und sie war beim Ballett oder so was. Später haben sie sich dann scheiden lassen und wollten nichts mehr voneinander wissen. Auch von Mami nicht.«

»Jugendtorheiten eines großen Mannes also«, folgerte Johannes.

»Und was wurde aus deiner Mami?« fragte Kathrinchen.

»Sie kam in ein Heim. Es war nicht direkt ein Waisenhaus, mehr so was Caritatives, es wurde von Schwestern geleitet. Nach dem Krieg gab es ja wohl viel elternlose Kinder. Da wuchs sie auf. Cornelius besuchte sie noch manchmal, bis er eben dann ins Ausland ging. Dann schrieb er gelegentlich, und später hat man nie wieder von ihm gehört.«

»Ist auch nicht gerade die feine Art, mit einem Kind umzugehen«, sagte Carola tadelnd.

»Er wird wohl später wieder geheiratet haben«, vermutete Christoph, »hat noch Kinder bekommen, da konnte er das kleine Mädchen in Deutschland nicht mehr gebrauchen. Hat es vielleicht glatt vergessen.«

»Also von mir aus kann er noch so berühmt sein«, sagte Carola energisch, »mir gefällt er nicht.«

»Vielleicht erbst du mal ne Menge von ihm«, meinte Kathrinchen mit ihrem praktischen Sinn.

»Wenn er doch wieder geheiratet hat«, sagte Carola.

»Das wissen wir ja nicht, das vermuten wir bloß. Und wenn auch, Cornelias Mami bleibt trotzdem seine Tochter, nicht?«

»Wir werden ja sehen, wie er dazu steht«, nahm Johannes wieder das Wort. »Ich habe ihm geschrieben.«

Die ganze Tischrunde starrte ihn entgeistert an.

»Du hast ihm geschrieben?« fragte der Pastor.

»Wegen mir?« piepste Cornelia aufgeregt.

»Nicht doch, mein Kind. Ich habe ihm geschrieben im Namen unserer Schule. Beginnend damit, daß ich die Ehre habe, dem Lehrerkollegium dieser alten angesehenen Schule anzugehören, und daß meine Kollegen und ich es sehr bedauern, daß ein einstiges, so zu Ruhm und Ansehen gekommenes Mitglied dieser Schule, ein Sohn unserer Stadt, nie wieder ein kleines Stück seiner kostbaren Zeit dafür übrig hatte, um Schule und Stadt wiederzusehen. Wir würden ihn so gern mit großen Ehren und noch größerer Herzlichkeit empfangen, wenn er uns nur die Gelegenheit dazu gäbe. Und darum bitten wir von Herzen, falls ihn sein Weg wieder einmal nach Europa führt, unserer zu gedenken.«

Eine Weile herrschte tiefes Schweigen am Tisch, dann prusteten Christoph und Michael gemeinsam los, auch der Pastor lachte.

»Großartig«, sagte er. »Ich bedaure es immer, mein Sohn, daß ich nicht zu deinen Schülern gehöre.«

»Warum soll er denn hierher kommen?« meinte Michael. »Wo bei uns nie die Erde bebt. Ist doch uninteressant für deine Zelebrität.«

»Ich habe allerdings in einem Nebensatz erwähnt«, fuhr Johannes unbeirrt fort, »daß sich zur Zeit im Hause meiner Eltern ein junges Mädchen namens Cornelia als Gast aufhält, das, wie man mir glaubwürdig versichert, aus München kommend, seine Enkeltochter sein soll.«

»Jede Wette, er nimmt den nächsten Jet und landet hier bei uns im Pfarrgarten«, sagte Michael. »Muß ihn doch zu Tränen rühren, daß das Enkelmädchen Cornelia heißt. Wo er sein Töchterchen so schnöde im Stich gelassen hat.«

Alle, die um den Tisch herum saßen, amüsierten sich königlich. Das hatte Cornelia mittlerweile mitbekommen, daß Johannes zwar von allen herzlich geliebt, aber eben doch auch immer ein wenig auf die Schippe genommen wurde wegen seiner hochtrabenden Redeweise und der Wichtigkeit, die er sich selbst und seinen Reden und Taten beimaß.

Auch Helga lachte mit den anderen. Ob er wohl auch mit ihr so redet? dachte Cornelia. Und in der Schule? Da kann er es doch eigentlich gar nicht leicht haben mit diesen Tönen.

Jedoch war Johannes bei seinen Schülern sehr beliebt, das sollte sie noch erfahren.

»Du mußt wissen, Cornelia«, sagte Christoph zu ihr, »es ist nicht an dem, daß Johannes an deinen Großvater nur geschrieben hat, um dir einen Dienst zu erweisen oder um für seine hochgeehrte Schule den berühmten Mann an Land zu ziehen. Nein, o nein. Das tut er erstens, zweitens und drittens für sich selbst.«

Johannes lehnte sich zurück und faltete die Riesenpratzen über dem Bauch.

»Spotte du nur«, sagte er gelassen.

»Er hat nämlich eine Leidenschaft. Oder sagen wir besser, er hat noch eine. Außer Essen ist es Korrespondieren. Er hat rund um die Welt ungezählte Briefpartner. An die schreibt er und schreibt und schreibt. Und manchmal antworten sie ja wohl auch. Stimmt's, Helga?«

Helga nickte lachend. »Sie antworten leider sehr häufig. Denn er schreibt ja nicht. Ich schreibe. Er diktiert mir.«

»Siehst du, drei Kinder sind zuwenig. Wenn du erst sechs hast, kannst du keine Briefe mehr übersetzen und tippen.«

»In wie vielen Sprachen schreibst du denn?« wollte Michael wissen.

»In allen, die ich einigermaßen kann. In Englisch, Französisch, Spanisch. Italienisch auch, aber dann mit Wörterbuch. Und schlimmstenfalls in Lateinisch.«

»Eine gebildete Familie, wie du siehst, Cornelia«, sagte Christoph. »Die Mutter dieser reizenden Kinder hat Romanistik studiert. Sie ist ganz außerordentlich begabt. Wenn sie das lange Ende nicht geheiratet und sich aufs Kinderkriegen verlegt hätte, wäre sicher auch aus ihr eine berühmte Frau geworden.«

»So ist sie eine glückliche Frau geworden«, sagte Johannes zufrieden, »das ist ihr mehr wert.«

»Das sagst du! Frag sie doch mal.«

Helga lachte beide an, erst ihren Mann, dann ihren Schwager.

»Ich bin ziemlich glücklich, ja. Und vielleicht, wenn die Kinder größer sind, arbeite ich wieder. Da kann ich immer noch berühmt werden. Könnt ihr gar nicht wissen.«

»Mit dem Briefwechsel ist das so«, wandte sich Christoph wieder zu Cornelia, »damit hat Johannes schon als Junge angefangen. Das war seine ganze Leidenschaft. Er bekam ewig und endlos Post. Während wir Fußball spielten und im See badeten, saß er da und schrieb und schrieb sich die Finger krumm. Andere Leute sammeln Briefmarken, er sammelt Briefpartner.«

»Die Briefmarken fallen nebenbei ab«, bemerkte Johannes selbstgefällig. »Und die Einladungen nicht zu vergessen. Ich bin dank meiner Briefe schon weit in der Welt herumgekommen.«

»Ja«, sagte Michael, »er schnorrt bei seinen Briefpartnern und spart die Hotelkosten.«

»Meinen Sie denn, daß er antworten wird, mein ...« das Wort Großvater wollte ihr nicht so recht über die Lippen. Also vollendete Cornelia die Frage mit seinem Namen: »Daß er antworten wird, Cornelius Eversen?«

»Wird sich finden. Ich werde Sie auf jeden Fall verständigen.«

Zwei Stunden später, als sie im Garten saßen und wirklich und wahrhaftig schon wieder Kuchen aßen, kam das Gespräch auf die Predigt vom Morgen.

Christoph sagte: »Cornelia war sehr beeindruckt von dieser Textstelle mit den Tränen und der Saat im Herzen. Sie meint, das hast du extra für sie gesagt.«

Cornelia wurde rot, doch Martin Goos lächelte sie freundlich an. »Stimmt. Das habe ich für sie gesagt. Obwohl ich denke, daß es auf jeden Menschen paßt.«

»Und wo steht das in der Bibel?« wollte Christoph wissen.

»In dieser Form nirgends. An sich habe ich es aus einem Buch, in dem alte chinesische Weisheiten und Sprüche stehen. Dort heißt es anders, aber ich kann mich auf den genauen Wortlaut nicht mehr besinnen. Ich weiß nicht, wohin das Buch verschwunden ist, ich finde es nicht.«

»Ich habe es«, sagte Johannes.

»Du?«

»Ja. Ich habe es mal vor zwei Jahren etwa mitgenommen. Es stehen wirklich kluge Sachen drin.«

»Und warum bekomme ich es nicht wieder, wenn ich fragen dürfte?«

»Ich wußte nicht, daß es dir fehlt.«

»Es fehlt mir.«

»Beim großen Konfuzius«, rief Christoph aus, »jetzt will Johannes auch noch mit China korrespondieren. Helga, dann mußt du Chinesisch lernen. Und über dich, Vater, muß ich mich wundern. Seit wann bastelt sich ein christlicher Pfarrer seine Predigttexte aus der Maobibel?«

»Das ist nicht von Mao, das ist älter. Obwohl auch Mao ganz gescheite Sachen gesagt hat. Wenn man verstehen will, was er gemeint hat, und nicht, was manche Leute hier daraus gemacht haben.«

»Wenn ihr von Politik reden wollt«, sagte Carola, »dann hole ich jetzt man lieber die Flasche mit dem Korn.«

»So bitterböse wird es schon nicht werden, Mutterkind. Aber 'n Lütter könnte nicht schaden.«

Cornelia gefiel es so gut unter diesen Menschen. Alle gefielen ihr, sogar der wichtigtuerische Johannes.

Denn bei alledem hatte er ein warmherziges Lächeln in seinen Augen. Wie sie das alle hier hatten.

Sie fand es auch hübsch, wie Christoph seine Mutter nannte. Gestern hatte sie ihn gefragt, wie er zu diesem Namen kam.

»Das war so, weißt du«, hatte er geantwortet, »wir wurden immer größer und größer, besonders Johannes. Na, den wirst du ja noch sehen. Und sie blieb so ein zierliches kleines Püppchen.

Ich hatte immer das Gefühl, ich müßte sie beschützen. Obwohl sie absolut kein hilfloses Wesen ist. Aber schon gar nicht. Da kam das so mit dem Mutterkind. Wie so ein Name eben entsteht. Für alles, das man liebt, hat man einen bestimmten Namen.«

Jetzt sah sie ihn an, wie er da saß, in einem kurzärmeligen Polohemd, braungebrannt, gelöst, heiter. Ihr Herz war erfüllt von Gefühlen, die sie nie gekannt hatte.

Ob er wohl für mich auch einmal einen Namen haben wird? dachte sie.

Der letzte Tag

Die zweite Woche verging wie im Flug, sie schien nur aus einem Tag, aus einer Nacht zu bestehen. So viel war noch zu tun, so viel war noch zu sehen, so viel gab es noch zu reden.

Zweimal hatte sie Jella noch besucht, und nun konnte sie leichten Herzens zusehen, wie Jella über die Wiese lief, das saftige Gras verspeiste, mit ihrem braunen Freund schmuste, zudem Jella auch jetzt immer kam, wenn sie gerufen wurde.

Am letzten Tag war sie noch einmal bei ihr.

»Mach's gut, Jellaschatz. Bleib gesund. Nächstes Jahr sehen wir uns wieder.«

Diesmal stand sie allein mit Christoph am Koppelzaun.

»Na?« fragte er. »Was sagt dein Herz?«

»Soviel. Jella gehört mir nicht mehr. Aber sie ist doch noch mein Pferd. Sie wird es immer sein. Vielleicht weiß sie das nicht, aber ich weiß es. Und nächstes Jahr, wenn ich komme, werde ich sie auch reiten. Ich habe gar nicht mehr den Wunsch, sie mitzunehmen nach München. Sie hat es so schön hier. Und wenn sie erst ihr Fohlen hat, wird sie vielleicht sehr glücklich sein.«

Jella stand eng am Zaun, ihr Kopf war zwischen den Köpfen der beiden Menschen, so konnte sie gut hören, wenn die Menschen sprachen. Ihre großen Augen waren voll Sanftmut und Frieden. Nichts Böses war ihr je im Leben begegnet. In dem Bund zwischen Mensch und Tier, von Gott von allem Anbeginn an gestiftet, war ihr nur Fürsorge, Wohltat und Liebe zuteil geworden. Nicht jedem Tier ist dies beschieden. Freilich, auch ihr Leben hatte, wie jedes Leben, noch eine Zukunft, und die blieb immer ungewiß. Daran mußte Cornelia auf einmal denken.

»Ist es möglich, daß man sie wieder verkauft?« fragte sie mit plötzlichem Erschrecken.

»Möglich ist es«, antwortete Christoph. »Ein Betrieb wie dieser muß ja existieren. Pferdezucht ist an sich kein sehr lukratives Unternehmen. Der Mann, dem dieses Gestüt gehört, ist ein reicher Mann. Und ich finde es fabelhaft, daß er sein Geld für die Pferde ausgibt. Aber ab und zu muß ja auch mal was reinkommen, nicht? Jella ist ein sehr schönes Pferd. Und gut zu reiten, wie du erzählt hast. Also könnte sich schon wieder jemand finden, der sie gern haben möchte.«

»Das wäre schrecklich.«

»Tja, so ist das Leben, nicht? Aber wenn sie ein hübsches Fohlen bringt, ist es ebenso möglich, daß man sie behält und noch einmal decken läßt. Ich werde Jens bitten, daß er sich darum kümmert. Er kennt ja Herrn Kallweit gut, er kennt auch den Besitzer von Campwort. So werden wir wenigstens wissen, wie es weitergeht mit Jella.«

»Ach, ich wünschte, ich hätte viel Geld.«

Christoph lachte. »Wer nicht? Gerade in einem solchen Fall ist es schon sehr erfreulich, wenn man Geld hat. Eins ist sicher, Kallweit würde sie nie in schlechte Hände geben.«

»Ach, Jella!« Cornelia legte ihre Wange an Jellas Kopf, so wie sie es früher immer getan hatte.

»Ich möchte so gern, daß du nächstes Jahr noch hier bist, wenn ich wiederkomme.«

»Das wünsche ich mir auch«, sagte Christoph. »Schon weil ich mir wünsche, daß du nächstes Jahr wiederkommst.«

»Ja? Wirklich?«

»Wirklich. Die Zeit war diesmal kurz. Aber nächstes Jahr kannst du deine ganzen Ferien hier verbringen. Falls deine Eltern es erlauben, heißt es.«

»Ach, sie werden schon. Ich werde mich ein Jahr lang ganz musterhaft aufführen.«

»Das sind großartige Vorsätze.«

»Ich habe viel gutzumachen. An Sabine und Jost. Und überhaupt. Und in der Schule. Was denkst du, wie ich mich da benommen habe, wie die Axt im Walde. Jetzt werde ich denen mal zeigen, wie das ist, wenn ich ernsthaft arbeite. Und weißt du, was ich als erstes tun werde, wenn ich wieder nach München komme?«

»Was denn?«

»Ich werde in den Stall gehen. Und werde ihnen von Jella erzählen. Hoffentlich sind sie nicht allzu böse auf mich.«

»Wirst du wieder reiten?«

»Ab und zu. Damit ich es nicht verlerne. Weißt du, es ist komisch. Aber weil ich so viel gutzumachen habe zu Hause, fahre ich ganz gern zurück. Christoph!«

»Ja?«

»Ich danke dir so sehr.«

»Du brauchst mir nicht zu danken. Wofür denn?«

»Das weißt du doch. Da bist du gerade an jenem Abend vorbeigekommen. Und ich saß da. Und alles war zu Ende.«

»Nun ja, vielleicht ist es etwas, wofür man dankbar sein sollte. Daß im richtigen Augenblick ein Mensch kommt, der helfen kann. Auch wenn er möglicherweise selber gar nicht weiß, wie sehr Hilfe vonnöten ist. Das ist natürlich ein glücklicher Zufall.«

»Das darfst du nicht sagen. Gerade du nicht.«

»Warum gerade ich nicht?« fragte er erstaunt.

»Wegen deines Vaters. Er würde es sicher nicht einen glücklichen Zufall nennen.«

»Nein, wohl kaum. Er würde sagen . . .«

»Was würde er sagen?«

»Also, ich bin kein Pfarrer, nicht? Ich bin daher auch nicht verpflichtet, in diesem Zusammenhang vom lieben Gott zu reden. Mir geht so was nicht so leicht über die Lippen. Du kannst ja Vater mal fragen, wie er das nennt, wenn im richtigen Augenblick die richtige Hilfe kommt.«

Sie standen zueinander gewendet, jeder einen Arm auf den Koppelzaun gestützt. Jella stand immer noch bei ihnen und hörte zu.

»Es ist schwer, so etwas auszusprechen«, gab Cornelia zu.

»Man kann doch nicht sagen, der liebe Gott hat dich da vorbeigeschickt und dir einen Schubs gegeben, damit du zu mir hinguckst.«

»Zumal er mir den Schubs nicht mal gegeben hat.«

»Ich weiß. Sonja.«

»Eben.«

»Was sagt die überhaupt dazu?«

»Sonja? Wozu?«

»Na, daß du jetzt hier bist. Ohne sie. Ich meine, daß du ohne sie Ferien machst.«

»Ach, so dick ist das auch wieder nicht zwischen Sonja und mir. Wir kennen uns halt.«

»Liebst du sie denn?«

»Hör zu, du Naseweis, muß ich dir etwa über mein Liebesleben Rechenschaft ablegen?«

Sie sagte nichts, sah ihn nur an. In ihren Augen war so deutlich zu lesen, was sie für ihn empfand, als ob sie es ausgesprochen hätte. Aber sie würde es nicht aussprechen. Nicht hier. Nicht heute.

Christoph legte die Hand um ihren Kopf und zog sie ein wenig zu sich heran.

»Es gibt Dinge, weißt du, kleines Mädchen, darüber braucht man überhaupt nicht weiter zu reden. Das ist so, als wenn du hier vor dieser Wiese stehst, sagen wir mal Anfang März, und du würdest sagen: ›Los, Gras, nun wachs mal schnell.‹ Das ist gar nicht nötig, es wächst sowieso. Ganz von selbst.«

Cornelia überlegte genau, was er gesagt hatte. Es gefiel ihr.

»Das klingt gut«, sagte sie.

»Nicht wahr? Und genauso muß man abwarten, bis aus einem kleinen Mädchen ein großes Mädchen wird.«

Er beugte sich näher zu ihr und berührte mit den Lippen leicht ihren Mund. Es war ein Hauch von einem Kuß, aber er ging Cornelia von oben bis unten, von den Haarspitzen bis zur Fußsohle.

Und so weiblich reagierte sie durchaus schon, daß sie nicht widerstehen konnte, ihn ein wenig herauszufordern.

»Und wenn das Gras schon gewachsen wäre, würdest du mich dann so küssen, wie Jens mich geküßt hat?«

»Ich weiß nicht, wie Jens dich geküßt hat. Aber ich mag es überhaupt nicht, daß er dich küßt, du kleiner Grashalm. Ich bin ein ziemlich altmodischer Mann. Ich habe gern einen möglichst ungeküßten Mund, wenn es mein Mund sein soll.«

»Ich werde daran denken«, sagte Cornelia.

Sie legte leicht ihren Arm um seinen Hals, und jetzt küßte sie ihn. Ein wenig länger und sehr, sehr zärtlich.

Jella fühlte sich vernachlässigt, sie stieß mit Nachdruck an Cornelias Schulter.

»Ach, Jella!« Cornelia legte den anderen Arm um Jellas Hals. »Du hast mir so viel Kummer gemacht. Und vorher so viel Freude. Und nun habe ich durch dich auch noch Christoph kennengelernt.«

Christoph löste sanft Cornelias Arm von seinem Hals, gab Jella einen Klaps und sagte: »So, nun Schluß mit diesen herzanrührenden Szenen. Du gehst jetzt Gras fressen, und du bist jetzt vernünftig und kümmerst dich erst mal um deine Schule und was sonst noch ansteht.«

»Und später?«

»Was heißt später? Bin ich Hellseher?«

»Werde ich dich manchmal sehen in München? Falls Sonja es erlaubt?«

»Falls Sonja es erlaubt und deine Eltern es erlauben und deine und meine Zeit es erlauben und du benimmst dich wie ein klitzekleines Gras und versuchst nicht, mir den Kopf zu verdrehen, dann werden wir uns manchmal sehen. Und nun ab die Post, wir müssen nach Hause. Heute abend gibt es großes Abschiedsessen und morgen früh starten wir zeitig. Diesmal wird durchgefahren.«

Das war nicht viel gewesen. Oder doch? Es war etwas, womit man sich lange beschäftigen konnte. Eins war sicher, das wußte

Cornelia ganz genau, mit dem sicheren Instinkt einer kleinen Frau: Christoph war in ihrem Leben drin. Und da sollte er bleiben.

Abends gab es geräucherte Maränen aus dem Plöner See, eine seltene Delikatesse, wie man Cornelia erklärte. Es schmeckte auch wunderbar und wieder, wie so oft in den vergangenen Tagen, erklärte sie: »So viel gegessen habe ich in meinem Leben nicht. Ich platze total aus den Nähten.«

Kathrinchen betrachtete sie kritisch.

»Soweit ich sehe, passen dir deine Klamotten noch. Abgesehen davon kannst du ruhig oben rum und hier und da noch ein bißchen zulegen. Würde dir gut stehen.«

Pastor Goos hatte ein Abschiedsgeschenk für Cornelia. Ein Junge aus dem Dorf, der in Eutin ins Gymnasium ging, hatte vor drei Tagen mit schönen Empfehlungen von Herrn Studienrat Goos ein Päckchen im Pfarrhaus abgegeben. Darin befand sich das vermißte Buch mit den chinesischen Weisheiten. Und der Pastor hatte den Spruch, den er meinte, für Cornelia abgeschrieben. Er lautete:

So wie die Schere und der Wasserkrug
des sorgsamen Gärtners
den Baum in die Höhe treiben,
so lassen die Schmerzen und
die Tränen vom vergangenen Jahr
des Menschen Seele reifen.

Tante Kathrinchen nickte mehrmals mit dem Kopf, nachdem der Pastor den Spruch vorgelesen hatte.

»Ja, ja, diese Chinesen«, sagte sie.

»Klingt aber ’n bißchen anders, Vater, als das, was du letzten Sonntag in der Kirche gesagt hast«, stellte Christoph fest.

»Ich muß euch ja in einer Holsteiner Dorfkirche nicht unbedingt chinesisch kommen. Es waren eben meine eigenen Worte. Aber – ob China oder Holstein, die menschlichen Gefühle, mein Sohn, das menschliche Glück und das menschliche Leid, es ist doch überall das gleiche. Das verbindet die Menschen auf dieser

Erde, egal, wo sie leben, welcher Rasse sie angehören, welche Hautfarbe ihr Körper hat. Von außen mögen sie verschieden sein. Innen, da, wo Gott hinblickt, sind sie alle gleich.«

»Amen!« sagte Carola mit frommem Augenaufschlag.

Ihr Mann betrachtete sie mit gerunzelter Stirn. »Ich weiß nicht, jetzt bin ich über dreißig Jahre mit dieser Frau verheiratet. Aber ich habe es nie fertiggebracht, daß sie mich ernst nimmt.«

»Aber Martin!« rief Carola empört. »Wie kannst du so etwas sagen! Eben weil ich dich so ernst nehme, wollte ich es nicht zu fromm werden lassen. Irgendeiner muß dich schließlich immer wieder auf die Erde zurückbringen.«

»Als wenn gerade ich das nötig hätte.«

»Das hat jeder Mann nötig, Pastor oder nicht Pastor.«

»Gib es auf, Vater«, sagte Christoph. »Ich glaube, auch das verbindet alle Menschen auf dieser Erde: daß Frauen immer das letzte Wort haben müssen. Und daß sie immer alles besser wissen als wir. Ob Mutterkind oder Grashalm, das bleibt sich gleich.«

»Grashalm?« fragte Carola erstaunt. »Was soll das denn bedeuten?«

»Tja, siehst du, jetzt gibt es mal etwas, was ich weiß und du nicht. Und das kommt daher, weil ich das Gras wachsen höre und sehe. Das kann nicht jeder.«

»Und du kannst es?«

»Was meinst du, Cornelia, kann ich es?«

Cornelia sah ihn an. In ihren Augen war ein Lächeln, dann erreichte es ihren Mund.

»Ja«, sagte sie. »Du kannst es, da bin ich ganz sicher.«

Epilog

Um noch kurz zu berichten, wie es ausging mit Jellas Fohlen: Sie bekam es termingemäß im März des nächsten Jahres, ein Hengstfohlen. Es war gesund und wohlgeraten, hellbraun mit einem kleinen weißen Dreieck auf der Stirn, was ihm ein verwegenes Aussehen gab, so klein es war.

Cornelia kam wie verabredet zu den Osterferien nach Holstein. Allein und mit dem Zug. Christoph hatte keinen Urlaub.

Carola holte sie in Lübeck ab, sagte: »Man fein, daß du da bist.«

Das Land war noch ohne Grün, denn Ostern lag früh in diesem Jahr. Doch der Himmel war hoch und hell, die Luft frisch und kühl, als sei die Welt eben erschaffen.

Diesmal wohnte Cornelia im Pfarrhaus, und alle schienen sich über ihren Besuch zu freuen.

Am meisten Jens vom Gut Laurenzhof.

»Du bist noch hübscher geworden, weiß der Deubel! Siebzehn, nicht? Gerade das richtige Alter!«

»Wofür?« fragte Cornelia kokett.

»Für dies und das und sonst noch was. Und für mich!«

Am nächsten Tag fuhr er mit ihr nach Campwort.

Jella war mit ihrem Fohlen in einer geräumigen Box und blickte mit ihren großen sanften Augen auf Cornelia, dann neigte sie den Kopf über ihr Kind und leckte über seinen Rücken.

»Was für ein schönes Baby«, sagte Cornelia und legte ihre Hand zärtlich auf Jellas Hals. »Ein wunderschönes Baby, Jella. Bist du glücklich?«

»Es hat noch keinen Namen, Fräulein Jacobs«, sagte Herr Kallweit. »Wir haben auf Sie gewartet. Vielleicht fällt Ihnen was ein. Muß nur mit ›J‹ anfangen.«

›Da muß ich drüber nachdenken.«

»Wie wär's mit Jens«, schlug Jens vor. »Ich übernehme gern die Patenschaft.«

Cornelia dachte den ganzen Tag darüber nach, und am Abend, sie saßen am Abendbrottisch, fiel ihr der richtige Name ein. »Ich hab's«, rief sie strahlend und sah erst Carola und dann den Pastor an. »Wir nennen ihn Jost!«

»Das scheint mir eine gute Idee zu sein«, sagte der Pastor. »Da werden wir mal ein Glas Wein auf den kleinen Jost trinken. Morgen fahre ich dich nach Campwort und schau ihn mir an.«

»Darf ich nachher mal ganz kurz mit München telefonieren?« fragte Cornelia.

»Natürlich«, sagte Carola.

»Ich möchte es Jost sagen, und zwar gleich, daß er Patenonkel geworden ist von Jellas Fohlen.«

»Das wird ihn bestimmt sehr freuen«, sagte Carola und lächelte. Und sie dachte dasselbe, was Jens an diesem Tag gesagt hatte: Wie hübsch sie geworden ist! Und dann dachte sie noch: Schade, daß Christoph diesmal keine Zeit hat. Aber im Sommer, da werden sie wohl beide hier sein.

»Ob ich wohl im Sommer Jella reiten darf?« fragte Cornelia.

»Ganz sicher«, sagte der Pastor und schenkte Wein in die Gläser. »Also dann, Cornelia, auf das Wohl von Jost in München und auf das Wohl von Jost in Campwort. Und auf deine Mutter trinken wir natürlich auch.«

»Und auf das Wohl von Christoph«, sagte Cornelia. »Er hat mich hierher gebracht. Und überhaupt . . .«

»Eben«, sagte Carola, »das ist es. Und überhaupt. Trinken wir am besten auf uns alle, Menschen, Pferde und Hunde. Und auf kommende freundliche Tage. Für uns alle.«